DREAMBOOKS★

DREAMBOOKS★

DREAMBOOKS★

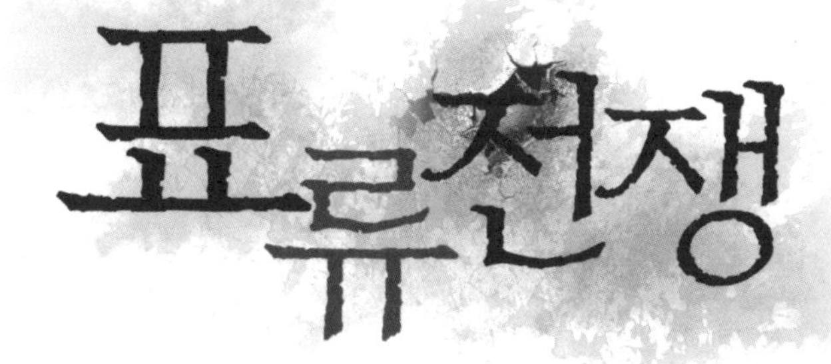

서하 판타지 장편소설

FANTASY STORY & ADVENTURE

2

표류전쟁 2

초판 1쇄 인쇄 / 2014년 4월 1일
초판 1쇄 발행 / 2014년 4월 8일

지은이 / 서하

발행인 / 오영배
책임편집 / 편집부
펴낸 곳 / (주)삼양출판사 · 드림북스

주소 / 서울특별시 강북구 솔샘로67길 92
대표 전화 / 02-980-2112 팩스 / 02-983-0660
편집부 전화 / 02-980-2116 팩스 / 02-983-8201
블로그 / blog.naver.com/dreambookss

등록번호 / 제9-00046호
등록일자 / 1999년 3월 11일

값 9,000원

ISBN 978-89-542-5411-3 (04810) / 978-89-542-5409-0 (세트)

* 지은이와 협의하에 인지는 생략합니다.
* 잘못된 책은 구입한 곳에서 바꾸어 드립니다.

이 도서의 국립중앙도서관 출판시도서목록(CIP)은 서지정보유통지원시스템홈페이지(http://seoji.nl.go.kr)와
국가자료공동목록시스템(http://www.nl.go.kr/kolisnet)에서 이용하실 수 있습니다.
(CIP제어번호: 2014010164)

서하 판타지 장편소설

FANTASY STORY & ADVENTURE

2

차례

표류전쟁

Chapter 1
재앙이 시작된 날

감시국(IMS—監視局).

오늘따라 상황실은 바쁘게 돌아갔다.

원인을 알 수 없는 주파수의 교란으로 핸드폰이 터지질 않거나 혼신(混信)이 일어나는 통신 장애 지역이 급증했기 때문이었다. 통신 회사들은 경쟁 업체를 의심하여 사건 조사를 의뢰했으나 감시국에서도 정확한 원인을 파악하지 못하는 실정이었다.

팀장 강신철은 턱을 괸 채 고민에 빠졌다.

기술적 문제로 발생한 통신 장애라면 이렇게까지 신경 쓸 일은 없었다. 기술적 문제는 통신 회사에서 해결하면 될 일이기에. 강신철을 고민에 빠뜨린 건 통신 장애가 발생한 지역에서 일어난 이유 없는 폭력 사건 때문이었다.

물론 우연일 수도 있었다.

그러나 강신철은 직감적으로 통신 장애와 폭력 사건에 어떤 연관성이 있을 것이라 추측했다.

'분명 냄새가 나는데 답이 딱 안 떨어지네.'

삐익. 삐익.

멀티스크린의 한 지점에 빨간 원이 그려지며 경고음이 요란하게 울렸다. 모니터링을 하던 엔지니어가 강신철에게 보고했다.

"팀장님, 상황이 또 발생했습니다."

생각에 방해를 받은 강신철은 신경질적으로 반응했다.

"젠장. 또 어디야?"

"용산구 H호텔 반경 5킬로 내외입니다."

"주파수 편차, 점유 주파수 대역폭 확인했어?"

"예. 정상입니다."

"스퓨리어스(電波) 발사 추정 지역은?"

"확인 불가입니다."

"항행 위성 시스템은?"

"위성의 궤도 위치. 데이터. 송신 주파수. 모두 다 정상입니다."

답답할 노릇이었다. 시스템상으로는 모든 게 정상인데 또 통신 장애가 발생했기 때문이었다.

"도대체 뭐가 문제인 거야. 네트워크 현황 체크해 봐."

"예."

[네트워크 운용센터 CEM 지원팀]

-강북 본부-

* VOC(고객 불만) 발생: 170건(L:100건, W:70건)

* 장비: 서울 H호텔(광분산)

* 지역: 서울 용산구 한남동 H호텔 내부

* 서비스 현상: 발, 수신 불가

* 원인: 불명

* 언론 동향: 없음

네트워크 현황을 체크하던 강신철이 고개를 갸웃거렸다.

이상한 점을 발견했기 때문이었다.

"아까는 한남동 아니었어? 한남동하고 H호텔은 자동차로 불과 10분 거리잖아."

"맞습니다."

"이 동네는 왜 하루에 두 번씩이나 통신 장애가 발생하는 거지? 호텔 내부를 스캔해 봐. 또 사건이 일어날지 모르니까."

강신철이 언급한 것은 난폭 운전자가 칼부림을 했던 한남동 사거리의 사건이었다.

"예. 팀장님."

엔지니어는 감시국의 GPS 시스템을 이용하여 H호텔의 CCTV에 접속한 후, 건물 내부를 스캔하기 시작했다. 그때, 직원 하나가 의료 기록을 들고 2층으로 뛰어 올라왔다.

"팀장님, 아까 칼을 휘두른 운전자의 검사 결과가 나왔습니다."

"뭐래?"

"분노 조절 장애라는데요?"

분노 조절 장애(anger disorder)는 말과 행동이 돌발적으로 격렬하게 표현되는 정신분석학적 증상이었다.

"스스로 화를 참지 못했다는 거야?"

"예."

"뭐 하는 놈인데?"

"G 그룹에 다니는 회사원입니다."

강신철은 어처구니가 없다는 듯 말했다.

"헐. G 그룹이라면 엘리트잖아. 그런 멀쩡한 놈이 대낮에, 그것도 길바닥에서 칼을 휘둘러?"

상황이 급하게 돌아갔다. H 호텔의 건물 내부를 스캔하던 엔지니어가 다급한 목소리로 말했다.

"팀장님, 사건 발생입니다. 호텔 직원으로 보이는 자가 손님으로 보이는 여학생의 목에 칼을 들이대고 있습니다."

멀티스크린에는 다이닝 룸에서 벌어지는 상황이 고스란히 중계되었다.

'젠장. 이런 일이 왜 발생하는 거지?'

강신철은 혼란스러웠다. 확신할 수는 없지만 주파수 교란과 연관이 있으리라 추측할 뿐이었다.

"클로즈업해 봐. 얼굴 좀 보게."

"예."

찬찬히 화면을 훑어보던 강신철의 눈이 휘둥그레졌다.

"야, 저거. 준서 아냐?"

"아, 예. 맞습니다. 준서 학생이네요. 그리고 여학생은 우리가 학교까지 데려다 준 신우라는 학생 같은데요?"

"그러게. 근데 쟤들이 왜 저기 있지?"

"태스크 포스 팀이라도 출동시킬까요?"

"됐어. 위험한 건 저놈인데 태스크 포스는 무슨. 동네 파출소에 전화해서 순경이나 몇 명 보내 줘."

강신철은 팔짱을 끼며 업장 매니저를 불쌍하게 쳐다보았다.

"쯧쯧. 너도 재수 지지리 없다. 어쩌다 준서한테 걸렸니."

*　　*　　*

다이닝 룸에는 긴장감이 가득했다. 호텔 직원들이 몰려왔으나 어찌할 바를 몰라 발만 동동 굴렀다. 아빠와 누나도 당황하여 가슴만 졸일 뿐이었다. 혹시 안드로이드일까? 생각해 보았지만 그건 아니었다.

준서는 침착하게 상황을 지켜보았다.

'칼을 쥔 손이나 행동으로 볼 때, 저 사람은 일반인이다. 지금은 정상이 아니라고 보는 게 맞다.'

그러나 긴장을 늦추진 않았다. 총지배인이 이성을 잃은 업장 매니저를 설득했다.

"이게 무슨 짓인가. 어서 칼 내려놓게."

"가까이 오지 마. 다 죽여 버릴 거야. 날 해고시킨다고? 내가 왜 해고당해야 해!"

이렇게 위험한 상황에서도 신우는 분노의 이유를 노골적으로 드러냈다.

"VIP 아니면 가족끼리 식사도 못 해? 당신같이 손님을 차별하는 직원은 해고당해야 해."

가족에 대한 트라우마 때문인 게 분명했다. 식사 초대를 받고 목청 높이 좋아했던 것을 생각하면…… 그 이유는 좀 더 확연했다. 오늘 이 자리가 신우에게는 치유의 시간일 수도 있었다. 지금 신우는 그 시간을 방해받자 화가 난 것이었다. 이유가 너무나 분명하여 가슴속이 찡하고 아파 왔다.

다만 타이밍이 좋질 않았던 게 문제였다.

제정신이 아닌 업장 매니저가 그 이유를 알 리가 없을 터. 그는 눈을 희번덕거리며 신우를 협박했다.

"닥쳐! 어린 계집애가 어디서 주둥이를 나불거려. 살려 달라고 빌어도 시원치 않을 판에."

"난 전혀 무섭지 않아."

"왜?"

"이보다 더한 일도 겪었거든."

준서는 차분하게 업장 매니저를 설득했다.

"아저씨. 이럴 필요가 뭐가 있어요. 사람이 다칠 일은 아니잖아요. 일 크게 만들지 말고 그만둬요."

업장 매니저가 이죽거렸다.

"흐흐. 하나같이 건방을 떠는구나. 안 풀어 주면 어떡할래."

"아저씨만 다칠 뿐이에요."

"누가 다쳐! 오늘 다치는 건 이 꼬마 계집애야. 아니, 총지배인. 당신도 마찬가지야!"

이러한 폭력적인 말과 행동은 업장 매니저의 본성이 아닐 것이었다. 어떤 광기가 그를 지배하고 있는 게 틀림없었다. 그러나 마냥 설득만 하고 있을 순 없었다. 아까 일어났던 접촉 사고에서 난폭 운전자의 행동으로 미루어 봤을 때 신우가 위험한 건 분명하니까. 준서는 아무도 눈치채지 못하게 포크를 집어 들었다.

총지배인이 업장 매니저에게 물었다.

"자네, 이러는 이유가 뭔가."

"당신 때문이지. 사사건건 내가 하는 일에 간섭하고, 지적하고, 부하 직원들 앞에서 망신을 줬잖아."

"이보게. 그건 요즘 자네의 태도에 문제가 있어서야. 오늘도 먼저 온 손님에게 자리를 옮기라는 무례한 지시를 내리지 않았나. 애초에 자리를 똑바로 안내하지 못한 건 업장 매니저의 실수일세. 그렇다면, 다른 조치를 취했어야지. 그리고 아가씨 같은 VVIP는 미리 숙지하고 있었어야지. 자네 정말 왜 이러나. 전혀 다른 사람 같아."

업장 매니저는 미친 사람처럼 고함을 쳤다.

"그만해. 또 지적질이야? 그만하라고!"

눈빛에 붉은 기운이 감돌고 있었다. 분노의 수위가 높다고 판단한 준서는 일단 그를 제지해야겠다고 생각했다.

준서는 프런트 구석에 놓인 액자를 가리켰다.

"아저씨. 저 사진의 아이는 누구예요?"

"내 아들이지."

업장 매니저가 고개를 돌리는 사이 신우에게서 팔이 떨어지며 빈틈이 보였다. 준서는 그 틈을 놓치지 않고 포크를 날렸다. 포크는 업장 매니저의 손등에 박혔다.

"악!"

들고 있던 칼을 놓치는 순간, 호텔 직원들이 몰려가 업장 매니저를 붙잡았다. 그 틈에 아빠와 누나가 신우의 손목을 잡아채 빠져나왔다. 이어 누가 신고했는지 파출소 순경들이 들이닥쳐 그를 체포했다.

10분 정도 지나자 업장 매니저는 제정신을 되찾았다. 정신이 들자마자 그는 후회를 했다.

"제가 무슨 짓을 한 거죠?"

총지배인이 그에게 설명을 했다.

"이 사람아. 자네, 사람을 죽일 뻔했어."

그는 수갑이 채워진 손으로 머리카락을 움켜쥐며 괴로워했다.

"아아, 제가 왜 그랬는지 모르겠어요. 죄송합니다. 정말 죄송합니다. 크흐흑."

어느새 그의 눈빛은 정상으로 돌아와 있었다.

그를 사로잡았던 광기는 사라지고 눈빛에는 후회만이 가득했다. 그는 자기 아들의 사진을 끌어안고 눈물을 흘렸다.

준서는 생각했다.

잠시 동안 저 사람의 뇌를 지배했던 광기는 뭘까.

뭔가 잘못되어 가고 있다.

단순한 접촉 사고에 상대 운전자를 칼로 찌르고, 직장 내 불만 때문에 업장 매니저가 손님을 칼로 위협했다. 상식적으로는 벌어지지 않을 일이다. 그런데 사람들이 폭력적으로 변하고 있다. 멀쩡한 사람들이.

이유가 뭘까.

누나가 놀란 가슴을 쓸어내리며 아빠에게 물었다.

"저 사람은 어떻게 되는 거예요?"

"사람을 칼로 위협했으니 당연히 처벌을 받아야지."

준서는 자신의 생각을 밝혔다.

"아빠, 뭔가 잘못되었어. 저 아저씨의 의도가 아닐 거야. 용서해 줘."

아빠 또한 화가 난 상태였다.

"의도가 무슨 상관이냐. 신우가 다칠 뻔했는데."

"아빠가 좀 도와줘. 사진 속의 저 아이가 불쌍하잖아."

아이 얘기를 하자 굳었던 아빠의 표정이 좀 누그러졌다.

"하, 녀석. 신우는. 너도 그렇게 생각하니?"

신우의 격한 감정도 많이 진정된 상태였다.

"저도 괜찮아요. 그렇게 해 주세요."

"알았다. 참고인 진술할 때, 선처를 부탁하마."

그때였다. 총지배인이 다가와 깍듯이 인사를 했다.

"아가씨, 죄송합니다. 같이 온 손님과 함께 일단 VIP룸으로 모시겠습니다."

* * *

사실 밥 생각은 뚝 떨어졌지만 마음을 가다듬을 시간이 필요했다. 우리는 총지배인을 따라 VIP 룸으로 자리를 옮겼다. VIP 룸의 인테리어는 다이닝 룸에 비해 확실히 격조가 높았다. 총지배인은 큰 죄를 지은 사람처럼 극진하게 예우를 갖췄다. 대주주를 외할머니로 둔 신우 때문만은 아니었다. 반백이 된 노신사의 태도에서는 진심이 느껴졌다.

다시 주문을 하려는 순간에 핸드폰이 울렸다.

발신자 표시를 보니 강신철이었다. 준서는 화장실에 간다는 핑계로 룸을 나와 전화를 받았다.

[신우는 괜찮으냐?]

"여기 있는 줄 어떻게 알았어요?"

[다른 사건을 추적하다가 우연히 모니터링하게 되었다. 그 파출소 순경들 내가 보낸 거야.]

"어쩐지 빨리 출동했다 싶었어요. 근데, 무슨 일이에요?"

[어젯밤 좀 이상한 사건이 발생했다. 주파수에 교란이 일어나 몇 군데 국가 시설에 문제가 생겼어. 중앙 전력 시스템, 주요 통신 시스템 등이 다운이 된 거야. 금세 고치긴 했지만 타이밍이 참 묘하다. 그 시간 때에 감시국에서 정체 모를 광원(光源, 스스로 빛을 발하는 물체)을 포착했었거든.]

"저도 봤어요."

[내가 묻고 싶은 것은 이러한 사건이 네가 말한 미래와 연관이 있을까? 하는 거다. 어떻게 생각하지?]

"있을 거예요."

[그래?]

"예. 광원이 나타나면 시공간이 왜곡되거든요. 블랙 코트는 그때 주로 활동을 해요."

[재앙의 전조?]

"아마도요."

[그렇다면 가능성이 크군. 네가 아는 대로 말해 줘라. 사전에 조치하게.]

"알았어요. 금방 확인해 볼게요."

세계 각국의 유명한 도시…… 뉴욕, 파리, 런던, 베이징, 도쿄 등에서도 분명 재난 프로젝트는 진행되고 있을 것이었다. 사람들이 모르는 사이에. 그리고 또 다른 시간대에서도 진행되고 있을 게 분명했다.

2100년? 2200년?

아무도 모를 시공간 속에서 미래 연맹은 그렇게 인구 비율을 맞춰 갈 것이었다. 몇 개를 실패했다고 해서 그들은 2013년의 서울을 포기하지는 않을 것이었다.

일종의 할당량이랄까?

배정된 인구 비율 같은 게 분명 있을 테니까.

'이상하네.'

타임 테이블에 기록된 재난 스케줄에는 몇 개의 사고들이 예정되어 있었다. 그러나 지금은 하나도 보이질 않았다.

준서는 미간을 찌푸렸다.

"이상해요. 없어요. 분명히 있었는데."

[왜 그러지?]

"저도 모르겠어요."

[분명 어떤 변화가 있을 테니 틈나는 대로 체크하고 이상이 발생하면 빨리 알려다오.]

"예."

대형 사고가 일어나지 않는 건 다행이지만 안심할 수는 없었다.

미래 인류는 결코 포기하지 않을 테니까.

*   *   *

호텔 VIP 룸.

가라앉은 분위기를 띄우기 위해 아빠가 너스레를 떨었다.

"덕분에 공짜로 식사하게 되었다. 돈 굳었다. 하하. 열심히 먹자고."

"죄송해요. 저 때문에."

"아냐. 네 덕분에 공짜잖아."

아빠가 신우에게 물었다.

"근데, 신우야. 아까는 왜 그렇게 정색을 한 거니?"

신우는 미안한 목소리로 대답했다.

"가족 같은 식사는 오랜만이거든요. 정말이지 망치고 싶지 않았어요. 이런 시간이 너무 소중했거든요. 하지만 여기로 오자고 해서 죄송해요. 전 여기로 오면 대접받을 줄 알았는데. 그래서 모른 척하고 일부러 여기로 오자고 한 건데."

"아니다."

"이런 기회는 많아. 언니가 잘 챙겨 줄게. 차라리 집으로 와, 응?"

아빠와 누나의 말에 신우의 기분이 좀 나아지는 것 같았다.

"와아. 정말요?"

식사가 다 끝나갈 즈음 회장의 비서라는 사람이 와서 정중히 말했다.

"정말 결례가 많았습니다. 사과하는 뜻에서 평생 숙박권과 식음료 객장 무료 사용권을 제공할까 합니다. 이는 회장님의 뜻입니다."

"회장님이라면 신우 양 외할머니 말씀인가요?"

"예. 그렇습니다."

H 호텔 평생 숙박권에 식음료 객장 무료 사용권이라니.

어마어마한 혜택이 아닐 수 없었다. 속물근성(?)이 다분한 아빠가 무척 좋아할 것이라 생각했다.

그러나 아빠의 대답은 뜻밖이었다.

"여기서 식사를 할 정도의 여유는 저도 있습니다. 그러니 사양하겠습니다. 대신 한 가지 부탁을 할 테니 회장님, 아니 외할머님께 전해주시겠습니까?"

"아, 네. 말씀하시죠."

"아무리 바쁘시더라도 손녀딸 얼굴은 보러 오셔야 하지 않을까요? 신경 좀 써 주십사 부탁드린다고 전해 주십시오."

"그렇게 전하겠습니다."

준서는 아빠를 흐뭇한 표정으로 돌아보았다.

멋진데?

*　　*　　*

돌아오는 길에 아빠는 나와 신우를 신우네 집 앞에 내려 주었다.

준서는 신우와 함께 잠시 계단에 앉았다.

휘황찬란한 조명은 신우의 얼굴에 역광을 드리웠다가 과거의 시간 속으로 빠져나갔다. 지금 이 순간이라고 말하지만, 사실은 이미 과거인 것이다.

신우가 분홍빛 입술을 오물거렸다.

"난 아직 믿기지 않아. 이 세상이 폐허가 된다는 말."

"……."

"그 무서운 괴물을 봤는데도 꿈만 같아. 말해 봐. 확실히 믿어? 우리 눈 앞에 보이는 것들이 하나씩 사라져 갈 거라는 거."

신우가 서기 2525년의 세상을 봤다면, 이런 질문이 얼마나 부질없는 건지 알 수 있을 것이었다. 준서는 우선 거짓말로 신우를 안심시켰다.

"너무 걱정 마. 미래는 불확실한 거잖아."

"만약에 그런 일이 일어난다면 사람들은 다른 공간으로 이동될 거라고 했지? 몇몇 사람은 남고."

"어."

"그럼 나도 남겨지겠네."

"왜 그렇게 생각해?"

"폐쇄 공간에서 내 시간도 흘렀잖아. 처음에는 안 그랬다가. 그건 기억 망각 기법이 통하지 않는다는 거고, 그렇다면 결국 나도 남겨진다는 얘기…… 맞지?"

그럴 것이다.

"하하. 다행이다."

신우가 방긋 웃었다. 준서는 왜? 하고 묻는 표정으로 신우를 보았다.

"너랑 떨어지지 않아도 되니까."

이럴 때 보면 철이 없어 보이는 신우다.

폐허가 된 세상에 남겨진다는 게 얼마나 무서운 일인데……. 그렇지만 솔직히 싫지는 않다. 신우와 함께라면, 폐허 속에서도 살 수 있을 것 같아서였다.

그래. 더 바랄 것도 없어.

딱 그 정도만 바라. 나는.

신우를 데려다 주고 돌아오는 발걸음은 무거웠다.

전보다 빛이 강했던 광원, 강신철이 말한 주파수의 교란, 평범한 사람들의 폭력적 광기, 사라져 버린 재앙 스케줄……. 이런 것들이 대재앙의 전조가 아닐까하는 생각이 들어서였다.

*　　*　　*

이튿날. 신우와 자전거를 타고 등교를 했다.

앞으로도 계속 그럴 것이었다.

이렇게 빛나는 아침을 자전거로 달릴 수 있는 것도 청춘의 특권이니까. 누릴 수 있을 만큼 누려야 한다고 생각했다. 모든 게 정상으로 돌아올 때까지는.

신우는 예뻤다.

외모로 따지자면 신우보다 예쁜 애들은 얼마든지 있다. TV만 틀면 쏟아져 나오는 헐벗은 여자애들이 그렇다. 그러나 준거가 생각하는 것은 그런 의미가 아니다. 신우의 표정, 몸짓, 버릇, 그런 것들이다. 특히 긴 속눈썹을 졸린 듯 끔벅이며 쳐다볼 때는 신기하리만큼 예쁘다. 그렇게 보면 예쁘다는 것의 강도는 같이 쌓아온 추억에 비례하지 않을까?

자전거 속도가 올라가자 신우의 목소리 톤도 덩달아 올라갔다.

"준서야. 아침 공기가 너무 상쾌해."

"기분 좋아?"

"응. 너무 좋아."

"그러면 더 빨리 달린다."

"좋아!"

힘차게 페달을 밟던 준서는 등에 야릇한 이질감을 느꼈다. 물컹하고 부드러운 속살의 느낌이었다. 신우의 가슴인가? 분명 그럴 것이었다. 교복 위로도 평소 엄청난 볼륨을 자랑하는 신우였으니까. 아니, 그것이 아니더라도 본능적으로 알 수밖에.

상황은 뻔했다.

자전거 속도가 빨라지자 신우가 허리를 꽉 끌어안게 되었고, 그 탓에 신우의 가슴이 등에 밀착하게 된 것이리라. 등을 짓누르는 기분 좋은 질량감. 그것은 심장 박동 수를 높였다.

"내 등을 누르는 건 네 손이냐?"

신우가 알아듣고는 까르르 웃었다.

"아닌데? 내 가슴인데?"

"먹은 게 키로는 안가고 죄다 거기로 몰렸냐."

"너한테 좋은 거 아냐?"

"나도 남자고. 지금 질풍노도의 시기를 겪고 있거든?"

"오, 질풍노도. 그래서?"

"거칠어질 수도 있다는 얘기야."

"완전 기대된다. 날 좀 거칠게 다뤄 봐."

"쿨럭."

"이봐. 소년, 야망을 포기할 텐가?"

"쩝. 졌다."

첫 키스 이후, 신우와의 관계는 훨씬 더 친밀해진 느낌이었다. 아니다.

신우가 일방적으로 용감해져 있었다.

*　　*　　*

아침 조회에 두 명의 학생이 담임 양세종 선생을 따라 들어왔다. 성구한테 전학생이 올 거라고 미리 들었지만 두 명일 줄은 몰랐다. 한꺼번에 두 명이나 전학을 오는 경우는 드물어 반 아이들은 약간 술렁거렸다. 한 명은 큰 키에 약간 껄렁한 느낌을 주었고, 한 명은 작은 키에 예쁘장하게 생긴 게 여자애 같은 느낌을 주었다.

"오늘 전학을 왔다. 반갑게 맞아 주도록."

담임 양세종이 짤막한 소개로 형식을 갖췄다.

"자, 각자 자기소개하고 빈자리 찾아서 앉아라."

키 큰 학생은 손만 반쯤 올려 까닥 인사를 했다. 역시 불량기가 다분했다.

"나는 강재민. 잘 지내자고."

반면에 작은 학생은 허리를 깊이 숙이며 수줍게 인사를 했다.

"저는, 유지호라고 합니다. 잘 부탁합니다."

자기소개를 하는 스타일도 반대였지만 애들의 반응도 정반대였다. 강재민이 인사를 할 때는 남학생 몇 명만 호응을 해 줬으나 예쁜(?) 유지호가 인사를 할 때는 여학생들 사이에서 꺄악 하고 괴성이 터져 나왔다.

성구가 한마디 거들었다.

"저 새끼 성형 수술했나. 우리 반 여자애들보다 더 예쁘장한데?"

오전 수업은 평범했다. 대학 진학을 시켜 보려는 선생들의 눈물겨운 노력도 보이질 않았고, 학생들도 굳이 그런 선생들의 태도를 탓하지 않았다. 전학을 온 두 학생도 자연스레 학급 분위기에 적응하는 모습이었다. 유지호란 애가 왠지 낯익어 보이는 걸 제외하면, 정말 지루할 만큼 평범한 오전이었다.

아케론에게서는 연락이 없었다.

그 날 이후, 미래는 어떻게 되었는지도 몹시 궁금했다.

'대성당에는 저녁에 잠깐 다녀와야겠어.'

그렇게 맞이한 점심시간.

어디 갔지?

신우와 성구가 보이질 않아 준서는 혼자 밥을 먹었다. 신우는 단짝인 미진이와 먹었을 테고, 성구는 분식집에 가려고 담을 넘었을 것이었다. 식사를 마치고 세수를 한 뒤 화장실에 다녀오자 기분이 깨끗해졌다. 그 기분에 준서는 밖으로 나갔다. 교정은 식사를 마치고 쉬는 학생들로 시끌벅적했다.

특히 등나무 밑에 여학생들이 술렁이고 들뜬 분위기가 가득했다. 무슨 일이지? 흘깃 보니 거기에는 오늘 전학 온 유지호가 여학생들에게 둘러싸여 있었다. 예쁘장하게 생긴 얼굴 덕에 여학생들의 주목을 받고 있는 것이다.

피식하고 웃었다.

'학교 여학생들 드센데.'

준서는 운동장으로 내려가는 계단 끝에 앉아 봄의 교정을 내려다보았다.

노란색, 분홍색 꽃들이 점점이……, 교정에는 봄꽃들이 만발해 있었다.

어려서부터 봄을 좋아했다.

겨울을 싫어했던 것만큼 봄을 좋아했던 것 같다.

언젠가 그토록 외출을 싫어했던 아빠가 꽃 축제에 데려간 적이 있었다. 아빠는 노란색 꽃 앞에서 한참을 서성였는데, 그 꽃의 이름이 프리지아라는 걸 나중에 알았다. 그리고 엄마가 프리지아를 좋아했다는 것은 더욱 나중에 알았다.

그 봄이 가장 좋았었는데. 이제는 아니다.

신우와 첫 키스를 한 봄 밤이 인생에서 가장 아름다운 날로 기억될 것이라 준서는 확신했다.

그때였다.

"이야. 꽃향기 죽이네."

학교 식당 쪽에서 한 학생이 양쪽 주머니에 손을 찔러 넣고 터덜터덜 걸어왔다. 오늘 전학 온 강재민이었다. 녀석이 옆에 앉으며 물었다.

"네가 준서냐?"

"어. 내 이름은 어떻게 알았어?"

재민은 시큰털털한 표정으로 이름표를 가리켰다.

"한글은 읽을 줄 알아."

"그렇군."

"짜식. 싱겁긴."

준서는 교정으로 시선을 돌리며 물었다.

"어느 학교에서 전학 왔냐?"

"영서고."

영서고는 재단 비리 문제로 폐교 조치된 학교. 뉴스까지 나올 정도로 유명한 사건이라 기억하고 있었던 것이다.

"그 학교 없어지지 않았나?"

재민이의 대답은 충격적이었다.

"맞아. 여기서는 그랬을 거야. 그렇지만 난 다른 평면에서 왔거든."

다른 평면!

온몸이 얼어붙는 것 같았다.

아케론 말고 평면 이론에 대해 말하는 사람은 처음이기 때문이었다.

"이런, 많이 놀라네. 나도 군사 학교 출신이라면 더 놀랄까?"

게다가 군사 학교 출신이었어?

준서는 너무 놀라 잠시 멍한 표정으로 있었다. 시간이 지나자 머리가 조금씩 움직이기 시작했다. 나 같은 경우가 또 있을 수는 있다. 그런데 아케론과 루치우스 님은 왜 말해 주지 않았을까.

"좀 놀라긴 했어. 하지만 그럴 수도 있겠다는 생각이 드네."

"그렇지. 그럴 수도 있지."

"루치우스 님과 아케론은 만나 봤어?"

"아아, 난 그쪽 라인 아니야. 12사제단이잖아. 루치우스 님은 12사제 중 한 분이시지."

준서는 그제야 이해할 수 있었다.

"그렇군."

성구가 헐레벌떡 달려왔다. 녀석의 손에는 캔 콜라가 들려 있었다.

"야, 준서야. 헥헥. 여기 있었냐? 난 신우랑 같이 있는 줄 알고. 매점까지 갔다 왔잖아. 헥헥."

재민이 성구에게 말을 붙였다.

"빡빡이. 준서 친구냐?"

성구가 어이없다는 듯 눈을 끔벅였다.

"야, 뉴 페이스. 날 빡빡이라 부르다니. 꽤나 용감한걸? 우리 학교에서 날 함부로 부르는 놈은 없거든."

"하하. 그래?"

"우리 학교 짱이 바로……."

그때, 곱지 않은 투의 목소리가 뒤쪽에서 들렸다.

"너는 아니지."

"그래. 나는…… 헉!"

돌아보니 종철이와 놈의 패거리들이 건들거리며 서 있었다. 종철이를 본 성구가 잔뜩 쫀 표정으로 목을 움츠렸다.

"당연히 나는 아니지. 우리 학교 짱은 너니까."

녀석은 캔 콜라를 불쑥 내밀었다.

"콜라 너 마실래?"

종철이가 콜라를 마시며 재민에게 말을 붙였다.

"야, 전학생. 체격이 많이 놀아본 틀인데?"

재민은 종철이의 말을 무시하고 꽃이 핀 화사한 교정을 둘러보았다.

"경치 좋다. 여긴 많이 살아 있네. 모든 것이."

문득 궁금했다. 재민이가 있던 곳은 어떨까.

"거기는?"

"휴우, 완전히 폐허가 되었다. 그래서 여기로 튄 거야. 여기도 곧 그렇게 되겠지만."

그런가. 왜 그렇게 되었냐고 물으려 할 때, 무시당한 종철이가 발끈해서 주먹을 날릴 기세로 끼어들었다.

"이 새끼들이. 지금 사람 세워 놓고 투명 인간 취급하네. 뒈지고 싶나."

종철이의 행동을 막은 건 여학생의 콧소리였다.

"자기야!"

여학생 셋이 다가왔다. 그중 가운데 종철이의 여자 친구인 지연이 생글거리며 재민에게 관심을 보였다.

"어머. 우리 학교 훈남은 다 여기 있네. 준서는 여자 친구가 있고. 뉴 페이스는 호감형인데?"

돌연 재민이 지연에게 관심을 보였다.

"오, 괜찮게 생겼는데?"

지연이 날씬한 허리를 S자로 꼬며 물었다.

"몸매는? 더 죽이지 않니?"

성구가 재민에게 귓속말로 중얼거렸다.

"야, 미쳤어? 종철이 여자 친구야. 종철이는 우리 학교 짱이고. 그러니까 사고 치지 말고 그냥 앉아 있어."

재민은 성구의 경고를 듣지 않고 지연과 계속 말을 섞었다.

"볼만하네. 넌, 이름이 뭐냐?"

"김지연. 근데 왜 물어봐?"

"오늘 전학 와서 아직 여자 친구가 없거든. 그래서 지금 간택 중이야. 오디션 한번 봐 볼래?"

"호호호."

지연이 종철이의 팔짱을 끼며 입꼬리를 말았다.

"저런. 어쩌지? 임자 있는 몸인데."

재민이 씩 웃으며 짧게 내뱉었다.

"그럼 꺼져."

비록 짧았지만 임팩트는 강렬했다. 지연의 눈썹이 매섭게 치켜 올라간 건 너무도 당연했다.

"꺼져?"

"응. 꺼져."

조용히 듣던 준서는 머리를 긁적였다.

'이 녀석. 지금 종철이를 일부러 도발하고 있네. 문제를 일으키면 피곤해지는데. 왜 이러지?'

아니나 다를까 지연이 남자 친구인 종철이를 자극했다.

"종철아. 원하는 게 방금 생겼어."

"뭘까?"

"쟤. 내 앞에 무릎 꿇려줘."

"오케이."

종철이가 손을 우드득거리며 재민에게 다가왔다. 당장 주먹을 휘두를 기세였다. 딩동댕. 험악한 사태를 막은 건 점심시간 종료를 알리는 차임벨이었다. 종철이는 아쉬운 듯 교실 쪽을 돌아다보았다.

"어이, 전학생. 운 좋았다? 그러나 오늘은 야간 자율 학습이 있거든. 우리 학교에 처음 와서 잘 모르겠지만."

"옥상에서 보자고?"

"잘 알고 있네."

재민이도 어지간한 놈이었다. 그걸 다 받아치고 있었다.

“쩝쩝. 한 삼백 번은 들어 봤나? 워낙 많이 들어본 레퍼토리라 식상하긴 한데. 학교에서 딱히 갈 데가 없긴 하지. 알았어. 이따 옥상에서 보자.”

오랜만에 남을 괴롭힐 생각에 종철이는 신나서 손 인사까지 했다.

“하하. 하여간 무식하면 용감하다니까. 바이!”

지연이도 한쪽 눈을 찡끗하며 친구들과 돌아섰다. 그러자 성구가 뒤에 대고 주먹을 흔들었다.

“하여간. 저 계집애가 트러블 메이커라니깐.”

준서는 떨떠름한 얼굴로 재민에게 말했다.

“그냥 피하지 왜 상대를 해?”

뒷말에는 ‘군사 학교까지 다닌 놈이’란 말이 생략되어 있었다. 재민이는 호쾌하게 웃으며 준서의 어깨에 팔을 걸쳐왔다.

“하하하. 재밌잖아. 학창 시절이 다 이런 거지. 안 그래. 친구?”

이놈도 성구랑 같은 종류인가?

준서는 아예 입을 다물었다. 성구는 가는 내내 쉬지 않고 나불거렸다.

“야. 재민아. 내가 싸우는 요령을 가르쳐 줄게. 일단 종철이가 주먹을 날릴 거야. 그러면 고개를 숙여. 근데 눈은 감지 마. 놈을 똑바로 째려보는 거야. 엄청난 파워의 염력이지. 눈 깜빡이면 진다. 알았지?”

재민이 피식하고 웃었다.

“그래. 참고할게.”

Chapter 2
전학생

5교시는 영어 시간이었다.

수업 시작하기 전, 신우가 왔다. 청순하고 깨끗한 느낌의 이 소녀는 너무 적극적이라 가끔은 당황스러웠다. 지금도 걸어오며 입 모양을 '키스해 줘' 라고 만들었다.

그것도 아주 은밀하게…….

준서는 누가 봤을까 봐 주변을 살폈다. 신우는 당황해하는 남자 친구를 보는 게 즐거운 듯, 커다랗고 맑은 눈으로 웃으며 물었다.

"점심 먹었어?"

"응."

"미안. 오랜만이라 미진이랑 먹었어."

"잘했어."

신우는 한쪽 눈을 찡긋하며 윙크를 했다.
“이따 봐?”
“그래.”
재민이는 종일 책상에 엎드려 자다시피 했다. 다른 학생들은 대부분 쉬는 시간에도 책을 보는 편이었다. 대학 진학이라는 명제가 애들의 어깨를 누르고 있는 것이다. 할 일 없는 성구 녀석이 투덜거렸다.
“아오, 짜증 나. 우리는 미국 놈도 아닌데 영어를 왜 이렇게 죽어라 배워야 하는 걸까. 학우 여러분, 그렇지 않아?”
성구의 말에 누구도 호응해 주지 않았다.
“쯧쯧. 우리 반 애들은 영혼이 없어. 전부 유체 이탈하고 껍데기만 앉아 있냐?”
이상했다.
영어 수업이 시작하기 전에 거구의 체육 선생이 교실로 들어온 것이다. 체육 선생은 황당한 지시 사항을 전달했다.
“앞으로 핸드폰 사용 시간을 제재한다. 통화 시간은 5분을 넘기지 말고, 하루 통화량은 1시간을 초과할 수 없다.”
핸드폰 사용을 제재하다니. 교실 전체가 동요했다. 특히 여학생들은 이구동성으로 투정을 부렸다.
“선생님, 너무해요.”
체육 선생은 단호했다.
“국가 시책이니 무조건 따라라.”
국가 시책? 나라에서 왜 핸드폰 사용량을 통제하지?
마치 SF소설에서 나오는 미래 사회처럼.

준서는 강신철이 말한 주파수 교란과 연관이 있을 거라 조심스레 짐작해 보았다.

성구가 불만을 터트렸다.

“아오, 뭔 나라에서 핸드폰 통화의 자유를 박탈하냐. 알래스카에 이민을 가든지 해야지. 이래서 이 나라에서 살겠어?”

순간, 체육 선생의 표정이 굳어졌다.

“누구야.”

“……”

“어떤 놈인지 빨리 안 일어나?”

성구가 어정쩡하게 팔을 들었다.

“저, 전데요?”

“앞으로 나와.”

성구 녀석이 엉덩이를 뒤로 뺀 채 엉거주춤 교탁까지 걸어 나갔다.

“얼굴 45도.”

“네?”

“얼굴 45도로 돌리라고 새끼야!”

성구가 얼굴을 돌리자마자, 체육 선생의 두툼한 손이 사정없이 성구의 뺨을 후려쳤다. 짝. 짝. 짝. 체육 선생은 연이어 뺨을 때렸고, 매질에는 욱한 감정이 실려 있었다.

“악. 악. 잘, 잘못했습니다.”

“닥쳐. 이 새끼야. 너 같은 놈은 학생도 아니야.”

퍽. 퍽. 퍽.

체육 선생은 육중한 몸으로 쓰러진 성구를 밟아댔다. 여학생들이 새파랗게 질려 입을 가렸고, 남학생들도 벙찐 표정으로 쳐다보았다.

"이 새끼가 감히 선생 말을 비꼬아?"

체육 선생이 팔에 찬 시계를 풀어 교탁에 올려놓았다. 코피까지 터진 성구를 본격적으로 팰 참인 것 같았다. 아무리 잘못을 했어도 이건 아니란 생각에 준서는 일어났다.

"선생님, 충분히 알아들었을 것 같습니다."

"뭐야? 너 지금 뭐라고 했어."

"그만큼 맞았으면 잘못을 알았을 거라고 말씀드렸습니다."

"뭐라고? 네 녀석이 대신 맞겠다고. 좋아. 이리 나와. 대신 패줄 테니."

"알겠습니다. 나머지는 제가 대신 맞을 테니 성구는 그만 용서하시죠."

체육 선생의 얼굴이 기묘하게 일그러졌다.

"큭큭. 좋아."

"……?"

신우가 잔뜩 걱정된 표정으로 준서를 보았다.

"준, 준서야. 나서지 마."

"괜찮아."

체육 선생은 몽둥이로 칠판 받침을 툭툭 쳤다.

"엎드려."

"성구가 맞아야 할 매가 몇 대죠? 그것부터 정하고 시작하시죠."

"오십 대."

"알겠습니다."

준서가 막 칠판 받침을 잡고 엎드렸을 때였다.

교실 앞문이 열리면서 서른 초반의 여자가 들어왔다. 영어 선생 박미희다. 그녀는 코피가 터진 성구를 보고 상황을 짐작한 듯했다. 본인의 수업 시간에 교실을 난장판으로 만들었기에 불쾌했을 것이었다. 영어 선생은 안경을 고쳐 쓰며 쌀쌀맞은 목소리로 말했다.

"선생님. 지금은 제 수업인데요."

체육 선생이 몽둥이로 준서의 허리를 쿡 찍었다.

"새끼. 운 좋았다."

눈빛. 걸어 들어가면서 체육 선생의 눈빛을 보았다.

아주 짧은 순간이었지만, 그 눈빛을 본 것 같았다.

난폭 운전자와 업장 매니저에게서 본 그 눈빛을.

재민은 뭔가 알고 있다는 듯 옅은 미소를 짓고 있었다.

뭐지?

준서의 머릿속에는 대성당에서 도륙당한 기사 수련생들의 처참한 모습이 떠올랐다.

'느낌이 좋지 않다.'

* * *

5교시 내내 체육 선생의 눈빛이 마음에 걸렸다.

영어 수업이 끝나자 여학생 한 패거리가 교실로 들어왔다. 염색한 헤어스타일, 짧은 스커트, 짙은 화장까지, 이른바 껌 좀 씹어 준다는 애들이었다. 여학생들의 짱은 종철이의 여자 친구 지연이었다. 험악한(?) 그

녀들은 전학 온 지호한테 가서 심한 장난을 쳤다. 예쁘다고 얼굴을 만져 보기도 하고, 머리를 쓰다듬기도 하고, 심지어 허벅지 안쪽으로 손을 넣기도 하는 등, 소위 왕따를 괴롭히는 수준이었다.

지호가 소극적인 거부를 했다.

"하지 마."

그러나 험악한(?) 여학생들은 지호가 그럴수록 즐거워했다.

"하지 말라면 우리가 안 하니? 깔깔. 얘는 너무 순진하네."

여자 친구가 오자 종철이도 장난에 합류해서 교실 안은 시끌벅적했다. 슬쩍 지호의 표정을 봤다. 난감—당황—초조의 감정이 무한 반복되어 녀석이 오줌이라도 지릴까 봐 걱정될 정도였다.

"야, 들어봐."

성구가 놀란 얼굴로 이어폰을 귀에 꽂아주었다. 라디오 뉴스였다.

이른바 '묻지 마' 폭력 사건이 며칠 사이 급증하고 있습니다. 어젯밤만 해도 강남구 신사동에서 10건, 강남역 사거리에서 27건, 홍대 앞에서 23건 등, 백여 건이 넘는 폭력 사건이 발생했습니다. 이러한 사태에 대해 소비자 단체의 한 연구원은 핸드폰 전자파의 영향으로 사람이 일시적인 흥분 상태에 이르러 빚어진 현상이라고 주장했습니다. 이러한 주장에 대해 통신 회사는 말도 되지 않은 억측이라며 극구 부인하고 있습니다. 이와 관련하여 해프닝도 있습니다. 한국 UFO 연구 협회는 그저께 밤에 발견된 UFO에 탑승한 외계인의 소행이라 주장하고, 일부 과학자들은 러시아에 떨어진 운석의 영향이라고 주장하고 있으며, 일부 사이

비 종교 지도자들은 지구 멸망설을 다시 제기하고 있습니다.

성구는 마치 신대륙이라도 발견한 것처럼 호들갑을 떨었다.

"봐. 내가 지구가 망할 징조라고 했지? 북극의 얼음이 녹아도 너무 녹더라니까."

그리고 교과서를 툭툭 치며 말했다.

"내가 왜 공부를 안 하는데. 이런 공부들이 다 부질없는 공염불이거든. 지구가 망하는데 대학은 무슨."

녀석이 갑자기 말소리를 낮췄다.

"근데 말이야."

무슨 낌새라도 차렸나 싶어 준서는 귀를 기울였다. 그러나 녀석은 역시 헛소리를 지껄였다.

"진짜 오징어 외계인들이 쳐들어온 게 아닐까?"

"에이, 확!"

준서는 이어폰을 녀석의 콧구멍에 처넣었다.

"악! 내, 콧구멍! 아놔, 찢어지는 줄 알았잖아."

"말이 되냐?"

"어젯밤에 UFO 같은 걸 봤단 말이야."

"뭐?"

"초저녁 하늘에 뭔가가 엄청나게 빛나더라고. 어지러워 죽는 줄 알았다니까. 그게 UFO 아니고 뭐냐?"

광원(光源)을 성구도 봤단 건가? 아케론이 말하기를, 보통 사람은 광원(光源)을 보거나 느끼지 못한다고 했었다. 어지러움을 느꼈다면 성구도 버려진 공간에 남을 운명일 수 있었다.

—폭력사태가 발생했습니다.

—원인을 알 수 없는 주파수 교란이 일어났다. 뭔가 이상해.

—초저녁 하늘에 뭔가가 엄청나게 빛나더라고.

라디오 뉴스와 강신철의 전화, 그리고 성구의 말이 머릿속에서 왕왕거렸다. 게다가 체육 선생의 눈빛이 걸려 마음이 영 찝찝했다. 그러던 차에 누군가 말을 걸어왔다.

"안녕. 준서?"

지연이와 어울려 다니는 유미라는 여자애였다. 유미는 치마를 살짝 걷어 올리는, 전혀 학생답지 않은 몸짓으로 책상에 걸터앉았다. 짙은 향수 냄새가 코끝을 찡그리게 했다.

"1학년 여자애들한테 인기 좋더라? 애들은 지호처럼 귀여운 애 좋아하는데 난 별로. 대신 준서 너 같은 애가 좋아. 나랑 사귈래?"

밑도 끝도 없는 대시에 되물었다.

"나 같은 애가 어떤 애인데?"

"시크하고 까칠한 수컷."

피식하고 웃음이 나왔다.

"어떡하지. 나 여자 친구 있는데."

"아, 신우?"

유미가 신우를 돌아보며 자신 있다는 듯한 야릇한 미소를 지었다.

"신우는 애잖아. 아직 발육도 덜 됐고. 이제 완성형 여자를 만날 때가 되지 않았나?"

"지금 한 말. 신우가 들으면 화낼 텐데."

"그래? 내가 물어볼게."

유미가 신우 자리로 걸어갔다. 당장 화를 낼 것 같았지만 신우의 표정은 생각 외로 담담했다.

"이신우. 네 남자 친구 뺏어도 되겠니? 안 된다고 해도 뺏을 예정이지만 예의상 물어봐 주는 거야."

남자 친구를 뺏다니. 말만 들어도 천박하다.

준서는 속으로 뇌까렸다.

너 따위가 켜켜이 쌓은 우리 둘만의 추억을 뺏을 수 있을까? 그건 아닐 거야.

신우는 엷은 미소를 지으며 대답했다.

"마음대로 해."

저 태도는 깊은 신뢰에서 나오는 자신감이다.

마음에 든다. 역시 신우답다, 라는 생각이 들어 미소가 지어졌다. 이를 눈치챈 유미가 어처구니없어했다.

"마음대로 하라고? 어머. 너, 무슨 자신감이니?"

"준서가 너한테 간다고 하면 말릴 도리가 없잖아. 그렇지 않아?"

"자신 있다는 거지? 흥. 좋아. 기필코 뺏어 줄게."

때마침 6교시 시작을 알리는 차임벨이 울렸다. 유미가 찡긋 윙크를 하며 준서의 귀에 속삭였다.

"쟤는 적당히 즐기고 버려. 그리고 나한테 와. 서방님으로 극진히 모실게. 응?"

지연의 패거리들이 몰려나가고 종철이가 자리에 가서 앉자 교실은 겨우 안정을 되찾았다. 눈치를 보던 아이들도 조용히 수다를 떨며 수업을 기다렸다. 요즘 '아이 러브 커피'란 게임에 빠져 열심히 호객 행위를 하고 다니던 성구가 갑자기 괴성을 질렀다.

"으아아. 에스프레소 커피 타고 있는데 접속 끊겼어. 이놈의 핸드폰 갖다버리든가 해야지."

준서는 잠시 생각에 잠겼다.

상식 밖의 일이 벌어지고 있다. '기억 망각' 기법을 통해 재앙 프로젝트를 몰래 진행했던 것과는 다르다. 미래 인류는 어떤 미친 짓을 하려는 걸까. 기어코 대재앙을 일으키는 걸까. 아케론의 경고대로 세상을 폐허로 만들 계획인 건가. 이런저런 생각에 마음이 싱숭생숭했다.

그때, 띠링. 신우로부터 문자가 왔다.

[무슨 생각해? 아까부터 보고 있는데 눈길 한 번 안 주잖아. 나 삐침.]

[미안. 생각 좀 할 게 있어서.]

[흥. 유미 생각?]

어쩐지 그냥 넘어간다 싶었다. 어설프게 대답했다간 큰일 난다. 준서는 모범 답안을 제출했다.

[유미? 누군지 기억도 안 남.]

신우가 환하게 웃었다.

[하하. 굿 보이. 집에 갈 때 같이 갈 거지?]

[당연하지.]

무슨 생각해? 아까부터 보고 있는데 눈길 한 번 안 주잖아. 나 삐짐.
미안. 생각 좀 할 게 있어서.
흥. 유미 생각?

*　　*　　*

슬슬 해가 저물어 야간 자율 학습이 시작되었다.

교실 창밖으로 가까운 한남역이 보였다. 한남역은 지하철이 아닌 국철이라 역 주변 풍경은 목가적이었다.

세상은 바삐 돌아갔다.

용산역에서 출발한 전철이 도착하고, 사람들이 우르르 내리고, 선로를 타고 앉은 육교 위를 지나다녔다. 그러나 어느 순간에, 이런 정경들이 다 멈춰 버릴 것이라 생각하니 마음이 쓸쓸했다.

그날이 오면 세상은 어떻게 변할까.

재민에게 물어보면 알 일이었다. 언제 나갔는지 재민은 자리에 없었다. 준서는 공부하는 애들에게 방해가 되지 않도록 교실 뒷문으로 빠져나왔다.

어느새인가, 저녁 해는 한남역 너머로 떨어지고, 교정에는 노란 가로등 불빛이 색칠되어 있었다. 재민은 화단 옆 벤치에 앉아 어둠이 깔리기 시작한 운동장을 내려다보고 있었다. 준서가 다가가자 재민이 돌아보았다. 옆에 앉으며 물었다.

"어디서 왔냐?"

재민은 짤막하게 대답했다.

"1994년."

아케론이 잘못 도착했다던 해다.

"거기도 봄이었냐?"

"가을이었어. 뚝섬 쪽 고수부지에 참억새의 노란 꽃이 흐드러지게 피었었지. 폐허가 되기 전까지만 해도."

"나도 자주 가는 곳이야. 지금은 한강 둔치라 부르지만."

"알아. 가 봤어. 많이 변했더라고."

"거긴 어떻게 된 거야?"

"94년?"

"어."

재민은 참담한 얘기를 무덤덤하게 했다.

"어느 날, 미래 연맹이 TK—100을 앞세워 침공을 해 왔고, 놈들의 역장포에 세상은 쑥대밭이 되었지. 속수무책이었어. 그리고 내가 살았던 1994년은 시간의 뒤편으로 완전히 사라졌지. 뭐랄까. 폐허? 그 자체라고 생각하면 돼."

문득, 그런 궁금증이 생겼다. 재민이는 수많은 시간대 중에서 왜 여길 선택한 걸까.

"왜 여기로 온 거야?"

"내 목표는 반군 지도자가 되는 거야. 그래서 잃어버린 내 시간과 공간을 되찾는 거지."

"그게 2013년하고 관련이 있나?"

"정확히 말하자면 너랑 관련이 있지."

도통 모를 말에 준서는 미간을 살짝 찌푸렸다.

"나랑 관련이 있다니. 무슨 말이냐?"

"네가 만약, 후계자라면 군도(軍刀)를 받았을 거야. 그거 나한테 양보해라. 그렇지 않으면 부득이하게 너와 싸워야하는 상황이 발생할지도 몰라."

"왜지?"

"후계자의 상징이 군도라는 거. 몰라?"

"……."

재민은 단호한 표정으로 자신의 생각을 말했다.

"미래 사회는 연맹이 지배하고 있어. 연맹이 지배하는 한 시간의 역사를 바꾸는 것은 불가능하지. 그렇지만 반군이 항전에서 승리하면 그걸 가능케 할 수 있어. 예언에 의하면 세인트존이라는 반군 지도자가 해낼 것이라 했지. 다시 말하지만, 난 세인트존이라는 반군 지도자가 되어야 해. 그래서 잃어버린 내 시간과 공간을 되찾을 거야."

"꼭 그래야만 하는 이유가 있어?"

"사랑하는 사람을 잃었어. 지하철에서 죽어가는 데도 구하질 못했지. 그때는 아무런 힘이 없었으니까. 연맹의 계획을 깨뜨리고 모든 걸 원래대로 돌려놓을 거야. 폐허가 되어 버린 94년도를 말이야."

"그렇구나."

이해할 수 있었다. 이유가 그거라면 충분하지 싶었다.

준서 자신도 사랑하는 엄마를 되찾기 위해 이렇게 나선 것이니까.

* * *

국과수 정신분석과.

뿔테 안경을 쓴 과장 조상도는 난폭 운전자의 정신분석을 진행하고 있었다. 그가 사용한 것은 범죄자의 잠재의식 속에 내재된 심상을 통해 본능, 갈등, 원초적 감정, 심리 방어기제의 구조, 언어적 표현 방식 및 전이현상 등을 알아보는 심상(imagery)기법이었다.

강신철은 벽면 거울의 뒷방에서 그 과정을 지켜보았다.

검사를 마친 조상도가 말했다.

"현재는 지극히 정상입니다. 자신의 행동을 후회하고 있고요."

"왜 그랬죠?"

"전자파에 의해 약간의 뇌 손상이 일어난 게 아닌가. 그렇게 추정하고 있습니다."

"전자파요?"

"강력한 전자파가 뇌에 영향을 미치면 정신착란(mental disorder)을 일으킬 수 있습니다."

"통신 회사에서 그 정도 수치를 발사할 수 있습니까?"

"아닙니다. 전자파의 위험성을 통신 회사에서도 알기 때문에 조절하고 있습니다. 하지만 통신 장애 지역의 발생 전자파는 분명히 위험 수치를 초과했습니다."

전자파의 영향에 의해 분노 조절 기능을 상실한 상태였다는 것이다. 다시 말해 원인을 알 수 없는 강력한 전자파가 발생했고, 그 영향을 받은 사람은 폭력적으로 변한다는 얘기였다.

일리가 있었다.

"그렇다고 사람을 찌를 수 있나요?"

"정신착란이 일어나면 살인을 할 수도 있습니다. 이걸 쉽게 보면 안 됩니다. 굉장히 심각한 문제입니다. 당장 이런 전자파를 발생시키는 원인, 아니, 세력이겠지요. 이들을 찾아내서 중지시켜야 합니다. 그렇지 않으면……"

"그렇지 않으면요?"
"어린 아기의 상태에서 살인 명령을 받는 것이랑 똑같아요. 그리고 점차 확산될 것입니다. 일종의 바이러스처럼 국가 재난이 닥칠 수도 있다는 얘기입니다."
"진정시킬 만한 약은 없나요?"
"알프라졸람(정신안정제) 성분이 들어간 약을 복용하면 진정효과를 볼 수 있겠지만, 이 약이 향정신성 의약품이라 함부로 처방하기도 애매합니다. 후속 조치가 반드시 따라야겠지요."
"국가적 대책이 필요하다는 말씀이군요."
"예. 그렇습니다."

강신철은 밖으로 나와 담배 한 대를 물었다.
약한 바람이 머리카락을 쓸고 지나갔다. 그러자 마른 입술에서 뿜어져 나온 연기가 하얀 셔츠에 푸르게 퍼졌다.
'일종의 바이러스라.'
강신철은 준서가 해 준 말을 천천히 떠올렸다.

—시간 균열이라고 해요. 시공간이 왜곡되는 틈에 재앙을 일으키는 거죠.

강신철은 핸드폰을 꺼내 들었다.
준서에게 전화를 했으나 서비스 장애로 연결이 되질 않았다.
이 녀석. 왜 전화를 안 받지? 내 핸드폰이 맛이 갔나, 라고 생각하는 순간, 감시국으로부터 전화가 왔다. 통신 장애 지역 모니터링을 하던 엔지니어였다.

[팀장님, 준서 학교 지역의 전자파가 급속도로 증가하고 있습니다. 어젯밤 발생했던 양의 5배 이상입니다. 이러다가는 큰 문제가 생길 것 같은데요?]

강신철은 깜짝 놀라 물고 있던 담배를 던졌다.

"뭐? 다섯 배? 당장 서울 북고로 태스크포스 출동시켜. 나도 그리 갈 테니까."

[예. 알겠습니다.]

곡예 운전을 하다시피 하여 서울 북고에 도착하니 이미 태스크포스 팀이 출동해 있었다. 강신철은 지역 주민의 양해를 구하고 학교 정문과 후문에 바리케이드를 쳤다. 그리고 한 개 분대만 투입하여 교내 수색을 실시했다. 교내 수색을 마치고 나온 태스크포스 팀장이 황당한 말을 했다.

"학교 안에 아무도 없습니다."

"자율 학습이라던데. 그게 말이 돼? 학생들이 집에 갔다면, 선생들이라도 있어야 할 거 아냐."

"선생들은커녕 쥐새끼 한 마리도 없습니다."

"학교가 텅 비었단 말이야?"

"예."

강신철의 표정이 심각해지며 한껏 굳어졌다.

'이런 젠장. 학교 전체가 폐쇄 공간에 갇힌 건가?'

곧 바로 헬 하운드가 떠올랐다. 무지막지한 헬 하운드가 학생들을 덮치는 상상을 하니 끔찍했다. 준서가 있지만, 안에서 무슨 일이 벌어질지 모르는 일.

'애들을 다 죽일 수는 없어. 어떻게 해서든 폐쇄 공간에 침입할 방법을 찾아내야 해.'

강신철은 단호한 음성으로 명령을 내렸다.

"전원 투입해서 하수도까지 샅샅이 뒤져."

"알겠습니다."

*　*　*

준서는 재민이와 함께 교실로 돌아왔다. 그러자 종철이가 비아냥거렸다.

"이 새끼들이 왜 이렇게 붙어 다니는 거야. 게이 새끼들처럼. 니들 사귀냐?"

종철이 패거리들이 책상을 두들기며 웃어댔다.

"야, 준서. 취향 바뀌었냐? 신우는 버리고 전학 온 놈하고 사귀는 거야? 기왕 바뀐 취향이라면 난 지호하고 사귀겠다. 훨씬 예쁘게 생겼잖아? 하하하."

더러운 새끼. 두들겨 패 주고 싶은 생각이 굴뚝같았다. 대꾸도 하지 않고 자리에 가서 앉았다. 그러자 종철이가 이번에는 재민이에게 딴죽을 걸었다.

"어이, 뉴 페이스. 준서는 어떻게 꼬셨냐. 만만치 않았을 텐데."

재민은 그냥 넘어가지 않았다.

"왜, 너도 나랑 사귀고 싶냐. 삼각관계 한번 만들어 볼까? 막장 드라마처럼. 사내새끼 셋이 막 엉키는 거지."

와하하! 하고 폭소가 터졌고, 종철이의 얼굴은 시뻘게졌다.

"이 새끼가 누굴 더러운 게이로 몰아."

종철이가 발끈해서 책상 위로 뛰어올라 갔다. 재민이를 발로 찰 기세로 고함쳤다.

"죽고 싶나. 옥상까지 가지 않고 여기서 뒈져볼래?"

"그럴까?"

그때였다. 휘익. 퍽! 바람을 가르는 소리가 나더니 둔탁한 것이 종철이의 허벅지를 때렸다.

"아! 어떤 새끼야."

돌아보니 체육 선생이 야구 배트를 들고 서 있었다.

"자율 학습 시간에 조용히 하라고 그랬지."

"그게 아니라. 저놈이 날 게이로 몰잖아요."

퍽. 체육 선생은 사정없이 야구 배트를 휘둘렀다. 종철이는 책상에서 굴러떨어졌다. 퍽. 퍽. 굴러떨어진 종철이를 체육 선생은 계속 팼다. 저렇게까지 할 필요가 있나 싶을 정도였다.

그때 종철이 친구인 상열이가 벌떡 일어나 체육 선생에게 따졌다.

"너무 심하신데요. 종철이는 체육 부장이잖아요."

그렇다. 종철이는 학급 체육 부장이라 체육 선생과는 절친한 사이. 한 번도 때리는 것을 본 적이 없었다. 체육 선생은 섬뜩하게 웃었다.

"그래서."

그리고 눈빛이 돌변하는 순간, '무조건 말려야 한다.'라는 생각이 떠올랐다.

퍽!

체육 선생은 야구 배트를 휘둘렀고, 그것은 정통으로 상열이의 머리를 가격했다. 동시에 붉은 피가 머리카락 사이로 튀어나왔다. 동공이 풀리며 상열이는 그 자리에서 쓰러지고 말았다. 피를 보자 여학생들이 비명을 질렀다.

"까악!"

"보건실로 데려가."

종철이 패거리들이 상열이를 들쳐 업고 보건실로 달려갔다. 체육 선생은 이죽거리며 말했다.

"봤지? 자율 학습 시간에 떠들면 저렇게 된다."

"……."

"대답 안 해?"

"네!"

"큭큭. 좋아. 30분에 한 번씩 순찰을 돌겠다."

체육 선생이 교실을 나가자 반 전체가 술렁였다.

"미친 거 아냐?"

그때, 핸드폰 진동이 울렸다. 강신철한테 걸려온 전화였다. 전화를 받자마자 강신철이 다급한 목소리로 물었다.

[너, 지금 어디냐.]

당연히 학교지 무슨 생뚱맞은 소리를. 준서는 퉁명스럽게 대답했다.

"학교죠."

[나 지금 네 학교에 와 있다.]

"전 교실에 있어요. 2학년 4반이요."

[나도 2학년 4반 교실에 있다.]

"네?"

준서는 교실 안, 복도, 창밖까지 살펴보았다. 강신철은 보이질 않았다.

"뭐예요. 안 보이잖아요."

돌아온 대답은 충격적이었다.

[나도 그렇다. 학교에는 지금 아무도 없다. 교무실, 화장실, 체육관, 음악실, 창고까지 다 뒤졌지만, 선생도 학생도 아무도 안 보인다.]

설마 공간이 다른 건가?

[혹시 폐쇄 공간에 있는 거 아니냐?]

"......!"

*　　*　　*

교실 분위기는 숨이 막힐 정도로 탁했다.

체육 선생이 야구 배트를 휘둘러 상열이의 머리를 깬 것은 정말이지 뉴스에 나올 법한 일이었다. 교실 안이 술렁거린 것은 너무도 당연했다. 미친 거 아니냐는 둥, 다른 선생들은 뭐 하냐는 둥, 학생들의 불만이 팽배했다. 성구는 어느새 핸드폰 카메라로 찍어 그 동영상을 인터넷에 올리겠다고 방방 떴다.

결국 염려했던 일이 벌어지고 말았다. 준서는 가만히 지금의 상황을 추측해 보았다.

현재 강신철과 다른 공간에 있다. 그렇다면 폐쇄 공간이어야 맞는데. 오늘은 왠지 확신이 서질 않는다. 블랙 코트 요원, 무채색 세상, 폐쇄 공간을 상징하는 증거들이 보이질 않아서다.

폐쇄 공간이 아니라면 여기는 어딜까.

학교만 공간이 분리되어 현실에서 떨어져 나온 걸까.

'젠장. 무슨 일이 벌어지고 있지?'

질식할 것만 같은 분위기에 미진이를 비롯한 여학생 몇몇이 집에 가겠다고 나섰다. 그럴 법도 했다. 그런데 집에 가겠다고 나섰던 미진이가 사색이 되어 교실로 돌아왔다.

"집에 갈 수가 없어."

신우가 물었다.

"왜?"

미진이는 알 수 없는 말을 지껄였다.

"교문 밖이 깜깜해. 집도 없고. 길도 없어."

"무슨 소리야, 미진아."

"나갈 수가 없다고. 엉엉."

도통 알아들을 수 없는 말이었다. 집도 없고, 길도 없다니.

학생들이 앞 다투어 교실을 뛰쳐나갔다. 벌써 얘기가 퍼진 모양이었다. 일찍 학교를 파한 1학년을 제외하고는 전 학생이 교문 앞으로 몰려나와 있었다.

미진이의 말은 사실이었다.

교문 밖은 너무도 어두웠다. 있어야 할 것들이 보이질 않았다. 오른

쪽으로 번듯하게 서 있던 5층짜리 건물, 그 뒤편으로 보이던 역으로 연결된 육교, 교문에서 찻길까지 이어진 도로, 분식집, 문구점, 한남역 주변의 목가적 풍경들이 사라지고, 그 자리에는 무서운 어둠만이 존재했다.

원래 밤은 이렇게 깜깜하진 않다.

어두운 것 같지만 여러 가지 색을 내포하기 마련이었다. 그러나 지금의 어둠은 빛마저 빨아들인다는 블랙홀처럼 보였다.

재민이 입맛을 다시며 물었다.

"쩝. 폐쇄 공간일까?"

준서는 고개를 천천히 저었다.

"모르겠어. 아니, 아닌 것 같아. 폐쇄 공간은 주변이 무채색으로 변하거든."

"하긴. 그렇지. 이놈들은 대체 무슨 짓을 하려는 걸까."

"그러게."

그때, 가방을 둘러멘 3학년 학생 셋이 애들을 헤치고 걸어 나왔다.

"야, 비켜 봐. 우리가 나갈게."

누군가 외쳤다.

"위험해요. 선배."

3학년 학생들은 누군가의 경고를 무시했다.

"이 새끼들이 겁먹긴. 이건 착시라는 거야. 빛이 굴절돼서 그렇게 보이는 거야. 안 그래? 있던 길바닥이 어디 가겠냐고."

그렇게 말하고는 3학년 학생 셋이 당당하게 교문을 걸어 나갔다. 순간, 비명과 함께 세 사람이 땅속으로 푹 꺼지듯 사라졌다. 학생들이 몰려가 땅바닥을 내려다보았다. 땅바닥에는 있어야 할 길이 없었다. 놀랍게도 지면이 있어야 할 곳에 반짝이는 별이 보였다. 마치 하늘과 땅의 위치가 뒤바뀐 듯 발아래 은하수가 펼쳐져 있었던 것이다.

그 깊이는 헤아릴 수 없었다.

비명 소리는 아스라이 멀리 들렸고, 추락하고 있는 3학년 셋의 모습이 깨알처럼 보였다. 그들은 별빛 사이로 흐르는 유성처럼 우주 저편으로 사라져 갔다.

우우우.

충격을 받은 학생들이 동시에 소리를 질렀다.

그 소리는 마치 거대한 괴물이 울부짖는 것처럼 들렸다.

블랙홀과 같은 시커먼 땅바닥을 노려보는 신우의 옆얼굴은 진지함 그 자체였고, 두 눈에는 두려움의 빛이 아른거렸다. 신우는 거의 울먹이는 목소리로 물었다.

"이런 일이 일어날 수 있어?"

그런 신우를 잠자코 지켜보았지만. 얼마 지나지 않아 준서는 신우의 등에 손을 올려 다독여 주었다.

"현실이 아니야."

"이렇게 생생한데?"

"폐쇄 공간을 경험해 봤잖아."

"아무리 그래도 무서워."

"침착해. 내가 옆에 있잖아."

신우가 하얀 손을 내밀었다.

"손 잡아줘."

"알았어."

그렇게 말했지만 솔직히 확신할 수 없다.

폐쇄 공간이 아니라면 진짜 현실일 수도 있는 것이다. 그리 생각하자 오싹하고 소름이 돋는 기분이었다.

확실한 것은 미래 인류가 저지른 짓이라는 것뿐이었다.

소식을 들은 선생들이 나와 부랴부랴 학생들을 통제했다.

"다들 교실로 들어가라. 밖으로 나가는 건 위험하니 허락하지 않겠다. 다들 교실로 들어가!"

Chapter 3
폭력 교실(1)

모두가 학교에 갇혔다.

네모난 벽돌을 촘촘히 쌓아 올린 거대한 벽에 감금된 것 같다. 아니, 그보다 더하다. 블랙홀에 빨려 들어가는 우주선에 탑승한 것처럼 상황이 위태롭다.

막히지 않은 것은 오직 하늘뿐이었다.

준서는 자연스럽게 고개를 들어 밤하늘을 보았다.

밤하늘이 천천히 흐르기 시작한다. 속도는 낮보다 훨씬 느리다.

재민의 손가락이 머리 위를 가리켰다.

"하늘을 봐."

"……?"

머리 위, 밤하늘에 장미꽃 모양의 불그스름한 성운(星雲)이 보였다.

아까까지만 해도 보이지 않았던 것이었다. 성운은 사실 불그스름하다기보다 핑크빛에 가까워 상당히 예뻤다.

"가운데 청백색으로 환하게 빛나는 별이 보이지?"

"어."

"베가성이야."

베가성(vega星). 거문고자리 가운데 가장 밝은 별이다.

"태양계에서 비교적 가까운 거리에 있다고는 해도 26광년이나 떨어져 있지. 북쪽 하늘에서 빛나야 할 베가성이 우리 머리 위에 떠 있어. 이게 뭘 의미할까."

"공간 이동?"

"맞아. 우리는 어디론가 옮겨진 거야. 아니면 이곳의 시간이 빛보다 빠르게 흐르고 있던가."

"……."

바람에 밤의 냄새가 섞이기 시작할 때쯤 학생들은 다시 각자의 교실로 되돌아갔다. 선생들은 방송을 통해 학교의 통제에 따라줄 것을 당부했다. 폐쇄 공간이든 아니든, 일단 밖으로 나가 확인해봐야 할 것 같았다.

준서는 팔찌를 조작하여 대성당으로 가려고 했다.

그러나 이상했다. 공간 이동이 되질 않았던 것이다.

곧장 팔찌로 아케론과 통신을 시도했다.

"저, 준서예요."

[그렇지 않아도 기다리고 있었다. 무슨 일이 있는 거냐.]

"예. 문제가 생겼어요. 학교인데…… 아무래도 어떤 공간에 갇힌 것 같아요."

준서는 학교 밖에 펼쳐진 우주에 대해, 베가성에 대해, 그리고 3학년들이 우주의 어둠 속으로 사라져버린 사고에 대해 말해주었다.

[베가성이라면…… 중간계 어디로 워프된 것 같구나.]

"대성당으로 가려고 했는데 공간 이동이 되질 않아요."

[이쪽에서 소환할 테니 기다려라.]

"예."

기대를 가지고 기다렸지만 좌절이었다. 아케론에게서 소환할 수 없다는 답변이 돌아온 것이다.

[네가 있는 곳의 공간 좌표가 잡히질 않는다. 공간 이동을 할 수 없는 이유는 그 때문일 거야. 연맹 지도부가 어떤 조치를 취한 것이 틀림없다.]

준서는 심호흡을 했다.

"후우, 어떻게 해야 되죠?"

[어떤 식으로든 네가 있는 위치를 내게 알려줘야 한다. 그래야 조치를 취할 수 있다. 차라리 구형 통신 장비라면 놈들의 방해 전파를 피할 수 있을 텐데.]

구형 통신 장비?

감시국의 장비가 아무리 최첨단 시스템일지라도 미래 과학으로 볼 때는 구형에 불과할 것이었다.

준서는 강신철을 떠올렸다.

"감시국의 강신철 팀장이라고 있어요. 전화번호를 가르쳐드릴 테니 그 사람과 의논해보세요."

[알았다.]

강신철에게 전화가 온 것은 십 분쯤 후였다.

[아케론이란 사람한테 전화 받았다. 구형 통신 장비가 필요하다고?]

"예. 방법이 없을까요?"

[생각해보마.]

애들에게 업혀 간 상열이가 생각났다.

"그리고 학생 하나가 체육 선생한테 맞아 크게 다쳤어요. 출혈이 심해요."

[뭐? 일단 보건실로 보내 치료를 해라.]

"보건실 약으로는 턱없어요. 이곳이 폐쇄 공간이 아니라면 현실인 거예요. 문제가 심각해요."

[그런데 선생이 왜 학생을 때린 거야.]

"눈빛이 이상해요. 난폭 운전자랑 업장 매니저의 눈빛과 똑같아요."

[전자파에 노출되어 분노 조절이 안 되는 모양이구나.]

"무슨 말이에요?"

[사람들이 폭력적으로 변하는 이유를 알아냈다. 국과수 분석에 의하면 전자파가 뇌에 영향을 미쳐 정신착란(mental disorder)을 일으켜 사람들이 폭력적으로 변하는 거란다. 그래서 지금 알프로졸람이라는 정신안정제를 대대적으로 처방할 계획이다.]

"그 약이 여기도 필요해요."

[방법을 강구해보마. 너는 두들겨 패서라도 체육 선생의 폭력을 막아라.]

"선생을요?"

[지금은 정신 착란자일 뿐이야. 살인을 할지도 몰라. 그러니 무조건 막아. 뒷일은 내가 책임질 테니.]

"알았어요."

[그리고 애들한테는 절대 핸드폰 쓰지 못하게 해. 전자파가 증폭되어 정신착란을 일으킬 수 있으니까.]

"그런데 주파수 교란으로 핸드폰이 안 터지던데 어떻게 연결시킨 거예요?"

[아마추어 무선에서나 사용하는 초단파(VHF)로 연결한 거다. 다시 연락하마.]

"네."

*　　*　　*

모두가 불안에 떨고 있었다.

여학생들 중에는 울음을 터뜨리는 애도 있었다. 개별행동을 하다가는 3학년 학생들의 꼴이 되고 말 것이었다. 난관을 헤쳐 나가려면 결속력이 필요했다.

준서는 교탁 앞으로 걸어 나갔다.

반 애들의 시선이 준서에게 쏠렸다. 뭔가를 잔뜩 기대하는 눈치였다. 이렇게 직접 나선 것은, 소풍을 가던 날 버스에서 나선 것을 제외하고는 처음이었다.

준서는 침착한 어조로 입을 열었다.

"학교가 이상하다는 건 다들 느꼈을 거야."

"뭐 좀 아는 게 있어? 뭐든 말해봐. 무서워 죽겠어."
"들어 봐."
"……."
"소풍 갔던 날. 누군가 우리를 죽이려고 했어. 우리 버스가 강물에 추락하도록 만들어 놓았는데 내가 핸들을 틀어 사고를 막았었어."
종철이가 믿지 못하겠다는 표정으로 코웃음을 쳤다.
"흥! 지랄하고 자빠졌네. 네가 우리를 살렸다는 거야? 그런데 왜 우리는 그런 사실을 전혀 모르고 있지?"
"너는 기억하지도 못 해."
"이 새끼가 뒈지려고. 지금 날 초등학생으로 생각하냐?"
준서는 종철이를 강하게 쏘아보고는 말을 이었다.
"얘기는 계속할게. 듣기 싫은 사람은 듣지 말고, 듣고 싶은 사람만 들어. 상황은 지금도 그때와 마찬가지야. 누군가 사고가 나도록 조치를 해놨어. 내 생각에는 우리를 학교에 감금해놓고 정신착란을 일으키게 한 후에 서로가 서로를 해치도록 조작을 한 거 같아. 선생님들도 마찬가지고."
반장인 현성이 의아한 듯 물었다.
"교문 밖은 왜 그런 거야? 왜 우리는 집에 갈 수가 없어?"
"한정된 공간에 갇힌 거야. 그래서 집에 갈 수 없어. 지금은 그래."
종철이가 또 끼어들었다.
"소설 쓰지 말고 앉아. 이 새끼야."
준서는 종철이를 무시하고 말을 계속했다.
"내가 할 말은 여기까지야. 밖에서 지금 우리를 구하려고 노력하고 있어. 그때까지만 참아주길 바라."

반장 현성이 다시 물었다.

"네 말대로 기다리면 다시 정상으로 되돌아오는 거야?"

"그럴 거야."

"다른 반에도 전달할까?"

"그게 낫겠지."

반장 현성이는 다른 반에 알리기 위해 곧바로 교실을 나갔다. 준서는 자리로 돌아가려다 방향을 돌려 종철이 앞에 우뚝 섰다.

종철이가 눈을 치켜뜨고 노려보았다.

"왜, 할 말 있어?"

준서는 단호한 어조로 놈에게 경고를 했다.

"잘 들어. 그동안 꼴같잖아서 상대하지 않았는데 앞으론 그냥 넘어가지 않을 생각이다."

"그래서?"

"함부로 입 놀리지 말고 조심하라고."

"이 샌님 새끼가 뒈지려고 돌았나."

휘익! 종철이가 대뜸 주먹을 날렸다.

준서는 날아오는 종철이의 주먹을 피하지 않고 붙잡았다. 주먹을 붙잡힌 종철이가 당황해했다. 준서는 정신 못 차리고 있는 놈에게 말했다.

"지금 이 상황이 장난 같아 보이냐?"

그리고 손아귀에 살짝 힘을 주었다. 손이 부러질 것 같은 기분일 것이다. 종철이는 오만상을 찌푸리며 고통을 호소했다.

"아아. 존나 아파."

성질 같아서는 악력을 높여 손등을 부러뜨려버리고 싶었다. 그러나 준서는 종철이의 주먹을 놔주었다.

"위험한 상황이다. 살고 싶으면 나대지 마라."

"아, 알았어. 그럴게."

그때였다.

"꺅!"

옆 반에서 찢어질 듯한 비명이 터져 나왔다. 여학생의 목소리였다. 비명 소리는 복도를 타고 길게 흘렀다. 학생 몇 명이 복도로 뛰어 나갔다. 5반 교실 뒷문으로 학생주임이 한 남학생을 끌고 나오고 있었다. 영호라는 애였다. 영호의 얼굴은 피범벅이었다. 출혈이 심해 죽지 않았을까 걱정이 될 정도였다. 영호를 그렇게 만든 건 학생주임 손에 들린 골프채일 것이었다.

"놔주세요!"

5반 아이들이 쫓아 나오며 학생주임을 협박했다.

"경찰에 신고할 거예요."

학생주임은 애들의 협박 따위에 아랑곳하지 않았다.

"흐흐. 좋을 대로 해라. 난 규정대로 처리한다."

"영호를 어디로 데려가는 건데요."

"체육관으로 데려가 벌을 줄 생각이다."

"피를 많이 흘리니 먼저 보건실로 데려가야죠!"

"이 정도로는 죽지 않아!"

때마침 교실로 올라오던 담임 양세종이 피투성이가 된 영호를 보더니 학생주임에게 따졌다.

"선생님! 이게 무슨 짓입니까. 체벌치고는 너무 심하지 않습니까."
학생주임은 코웃음을 쳤다.
"흥! 양 선생은 당신 반이나 관리하시지."
"뭐라고요? 지금 우리가 어떤 위험한 상황에 처해 있는지도 모르는데, 이런 폭력을 쓰다니요."
제정신이 아닌 것 같았다. 학생주임은 상대가 같은 선생임에도 불구하고 골프채를 휘둘렀다.
"닥쳐! 귀찮게 굴지 말란 말이야."
퍽!
학생주임 선생이 휘두른 골프채에 담임 양세종은 어깨를 맞고 주저앉았다.
"윽!"
"선생님!"
여학생들이 새파랗게 질린 얼굴로 담임 양세종을 걱정했다.
"괜찮으세요?"
"나는 괜찮다."
학생주임이 벌겋게 충혈된 눈을 부라리며 다시 골프채를 치켜들었다.
"흐흐. 날 막는 놈은 선생이라도 용서할 수 없어!"
휘익! 학생주임은 가차 없이 골프채를 휘둘렀다.
드라이버 헤드의 궤적은 담임 양세종의 머리를 향했고, 저 정도의 힘과 스피드로 머리를 가격 당한다면 자칫 죽을 수도 있었다.
턱.
준서는 재빨리 나서서 골프채를 붙잡았다. 학생주임은 못마땅한 듯 눈을 희번덕거렸고, 준서는 담담하게 그를 쳐다보았다.

"이놈이 미쳤나."

"미친 건 당신이지."

퍽! 준서는 가볍게 학생주임의 명치를 가격했다.

"윽! 이놈이 감히 선생님을……."

준서는 강하게 쏘아보며 빈정거렸다.

"선생이 선생다워야 선생이지. 안 그래?"

"뭐?"

선생답지 못하다는 준서의 질책에 화가 난 학생주임은 골프채를 머리 뒤로 한껏 젖혔다. 힘으로 내리치겠다는 의도. 아니나 다를까 광기에 젖어 마구잡이로 골프채를 휘둘렀다.

휙! 휙!

"죽어. 이 새끼야!"

"지랄."

부—웅.

골프채가 큰 궤적을 그리며 위에서 아래로 떨어졌다. 허공을 가른 드라이버 헤드가 복도 바닥을 때리며 불꽃을 일으켰다.

깡!

벽에 기대며 피했던 준서는 학생주임이 골프채를 다시 들 시간을 주지 않았다. 빠르게 접근하며 왼발로는 정강이를 차고, 오른발로는 그의 허벅지를 내리찍었다. 전광석화 같은 공격에 중심을 잃고 비틀거리는 학생주임의 옆구리에 준서의 주먹이 꽂혔다.

"컥!"

학생주임은 고통에 몸부림치며 바닥을 뒹굴었다. 준서는 그의 몸에 올라타고 폭풍처럼 주먹을 내질렀다.

퍽. 퍽. 퍽.

준서는 주먹질을 하며 목에 핏대를 세웠다.

"당신이 선생이야? 골프채로 학생을 패고, 동료인 담임 선생님한테까지 폭력을 휘두르는 당신이 선생이냐고! 진짜 선생이라면 학생부터 안전하게 챙겨야 할 거 아냐. 씨발!"

"준서야. 그만 진정해라."

담임 양세종이 부상당한 몸을 날려 준서를 붙들었다. 분이 안 풀린 듯, 준서는 쓰러진 학생주임을 노려보며 씩씩거렸다.

"하아. 하아. 선생님을 죽이려고 했어요."

"아닐 거야. 아니라고 믿는다."

주머니에 손을 넣은 채 벽에 기대 구경하던 재민이 그제야 입을 열었다.

"준서 말이 맞아요. 골프채는 살인 무기예요. 제가 아버지한테 맞아봐서 잘 알아요. 게다가 드라이버라면…… 아휴. 끔찍해라."

"이럴 시간이 없다. 누가 영호랑 학생주임 선생님을 보건실로 데려가라."

"네."

5반 아이들이 몰려와 두 사람을 들쳐 메고 보건실로 갔다. 어깨를 다친 담임 양세종도 애들이 교실로 데리고 들어갔다. 한바탕 소동이 잦아들자 재민이 준서에게 다가왔다.

"권법도 배운 모양이네?"

"군사 학교에서는 교양이잖아."
"잘 봤다. 네 실력."
"왜 나중에 나한테 써 먹게?"
"자식. 눈치 빠르긴. 하하."
"너랑 싸우고 싶진 않다."
재민이 돌아서며 투덜거렸다.
"젠장. 이놈의 학교는 어떻게 전학생에 대한 예의가 눈곱만치도 없냐. 환영은 못 해줄망정 이게 뭐냐고. 전학 온 첫날부터 핏물이 튀잖아. 강남 8학군으로 갈 걸 그랬나?"

*　　*　　*

담임 양세종의 왼쪽 어깨가 시퍼렇게 멍이 들며 부어올랐다. 내일 아침이면 왼쪽 어깨를 쓰지 못할 것 같았다. 냉찜질을 하거나 소염 진통제라도 발라두어야 통증이 완화될 것이었다. 보건실로 갈 것을 권유했으나 담임 양세종은 일단 동요하는 반 아이들부터 진정시켰다.
"다들 진정해야 한다. 세상에는 미스터리한 일이 많다. 오늘 우리 학교에도 이상한 일이 벌어졌고, 현재로선 나도 그 이유를 알 수가 없다. 하지만 곧 정상으로 돌아오리라고 믿는다. 그러니 너희들도 동요하지 말고 자리를 지켜주길 바란다."
"……네."
대답은 했으나 아이들의 얼굴엔 불안감이 가시질 않았다.
밤의 적막을 깨뜨리고 유리창이 깨지는 소리가 들렸기 때문이었다.

와장창.

유리창이 깨지는 소리가 들린 곳은 3학년 교실이 있는 건물이었다. 이어 고성과 심하게 싸우는 소리가 들렸고, 여학생들의 비명도 들렸다. 싸우는 소리와 비명은 각 교실로 점점 퍼져갔다. 일부 학생이 지시를 어기고 핸드폰을 사용하다가 정신착란에 빠진 것 같았다.

두려움에 떨던 미진이가 핸드폰을 꺼내 들었다.

"집에 가고 싶어. 엄마한테 전화할래."

"미진아. 안 돼!"

신우가 미진이의 핸드폰을 뺏었다. 담임 양세종은 다시 한 번 애들에게 주의사항을 일러 주었다.

"어차피 통화는 안 될 거다. 그래도 핸드폰을 사용하고 싶으면 꼭 이어폰을 사용해."

재민이 냉소적인 어조로 내뱉었다.

"핸드폰이 터지지도 않는데 이어폰은 의미가 없죠."

준서가 조심스럽게 재민에게 물었다.

"핸드폰은 터지지 않겠지만 인터넷은 되지 않을까?"

성구가 준서의 생각에 동의했다.

"인터넷은 케이블이니까 당연히 되겠지. 무선만 아니라면. 선생님 자리에서 부팅해봐."

아이들의 이목은 준서에게 집중되었다. 성격 급한 성구가 물었다.

"접속이 돼?"

"된다. 느리지만."

"오, 좋아."

준서는 N사 포털 사이트를 열었다.

"검색어 순위가 1위 핸드폰 불통, 2위 묻지 마 폭력, 3위 재난 지역 선포 순이야. 밖에도 난리가 난 것 같아."

성구가 머리를 긁적이며 푸념했다.

"젠장. 학교가 더 안전하겠다."

그때, 칠판 왼쪽 상단에 걸려 있는 스피커에서 3학년 학생회장 민경태의 목소리가 흘러나왔다.

"비상사태입니다. 상호간의 폭력으로 학우들이 다치고 있습니다. 안전 방안을 강구하기 위한 회의를 할 것이니 학생들은 일곱 시까지 강당으로 모여 주십시오."

준서는 못마땅한 표정을 지었다.

'단체 행동을 하겠다는 뜻인가?'

"야, 다들 가보자."

종철이가 애들을 부추기며 교실을 뛰쳐나갔다. 그러자 다른 아이들도 뒤쫓아 나갔다.

"단체 행동은 좋지 않아. 다들 돌아와."

담임 양세종이 간절히 부탁했지만 학생들은 막무가내였다. 교실은 담임 양세종이 통제할 수 없는 상황으로 치달았다.

*　　*　　*

3학년 학생회장 민경태를 중심으로 자경단(自警團—일정지역내의 민간인들이 스스로를 보호하기 위해 만든 경비단체)이 결성되었다. 자칭 학도호국단이었다. 전자파에 의해 정신착란을 일으킨 학생들을 제외한, 나머지 정상적인 학생들이 강당에 모였다.

3학년 학생회장 민경태가 행동지침을 일러 주었다.

"방송실을 통해 나오는 라디오만 들어야 해. 아무도 핸드폰을 사용하면 안 되는 거 명심하고. 지금 학교만 그런 게 아니고 밖의 세상도 문제가 심각한 거 같아. 어쩌면 학교가 안전할 거야. 다행히 식당에 한 달치 식량은 있으니까 너무 걱정하거나 동요하지 말자. 한 달 안에는 세상이 정상으로 돌아올 거야."

여학생 하나가 물었다.

"한 달이나 걸려?"

"말이 그렇다는 거지. 자, 가장 중요한 식당을 지켜야 하니 당번을 정해 돌아가면서 경계를 서도록 하자."

"좋아."

"오늘 밤부터 각 반 남학생들이 식당을 지킨다. 무슨 일이 있으면 구내전화로 서로 연락하면 될 거야. 그리고 강당 안에서는 불침번을 서고."

학생회장을 중심으로 학도호국단이 결성되자, 소위 일진이라는 불량학생들이 학교 짱 마낙길을 중심으로 또 다른 자경단을 만들었다. 자칭 백골단이었다. 그들은 머리에 검은 띠를 두르고 자기들을 철저히 학도호국단과 구분했다. 그리고 백골단은 방어라는 명목 하에 각목, 삽 등으로 무장을 했다.

단장 마낙길은 체육관에 단원이 된 아이들을 모아 놓고 일장 연설을 했다.

"범생이 놈들이 시키는 대로 할 순 없잖아. 이게 무슨 일인지는 모르지만, 일단 학교는 우리가 접수해야지. 안 그래?"

단원들이 큰소리로 동의했다.

"맞아!"

"다들 가서 선생들하고 범생이 놈들을 잡아와라. 학교는 우리가 지배한다."

단원들은 함성을 지르며 각목과 삽을 들고 체육관 밖으로 뛰쳐나갔다.

"와아아!"

한마디로 집단 광기였다.

*　*　*

학생들이 빠져나간 교실은 썰렁했다.

교실에 남은 것은 준서, 신우, 재민, 성구, 미진, 어깨에 부상을 당한 담임 양세종이였다. 그리고 예상치 못하게 지호가 자리를 지켰다. 준서가 지호에게 다가가 물었다.

"넌 왜 안 가냐?"

"무서워서."

"강당에 같이 모여 있으면 덜 무서울 텐데."

"난 몰려다니는 게 싫어."

성구가 지호를 보며 혀를 찼다.

"쯧쯧. 소심한 녀석."

신우가 성구에게 핀잔을 주었다.

"성구, 너! 왜 이렇게 못 됐니? 지호가 우리랑 같이 있겠다잖아."

백골단 애들이 학도호국단이 모인 강당을 습격하며 학교에는 한바탕 큰 소란이 일었다. 각목을 들고 싸우는 소리, 여학생들의 비명, 유리창이 깨지는 소리, 도망가는 소리, 잡으러 쫓아가는 소리, 졸지에 학교는 지옥이 되어버리고 말았다. 수적 열세에도 불구하고 승리는 백골단의 것이었다. 학교를 접수한 그들은 삼삼오오 짝을 지어 운동장으로 모였다. 운동장에 모인 아이들을 보던 담임 양세종이 염려했다.

"아무래도 분위기가 심상치 않다."

미진이 물었다.

"왜요?"

"다들 미쳐가는 것 같구나. 학생주임 선생이나 체육 선생이 잘못을 했지만 선생들이 다 그런 것은 아니다. 이런 단체 행동은 옳지 않아. 원인도 모른 채 이래서는 안 되는데 말이다. 대체 어떻게 이런 일이 일어날 수 있는지 알 도리가 없다."

재민이 경험에 근거한 자신의 생각을 밝혔다.

"이건 수순이야. 그리고 점점 더 미쳐갈 거야. 경험한 바로는 그래. 내 생각에는 먹을 거 하고 의약품을 확보하는 게 좋을 것 같아. 쟤네들이 단체로 미치기 전에. 선생님도 치료해드리고. 어때?"

준서가 고개를 끄덕였다.

"맞는 말이야. 그렇지만 할 줄 알아야지."

뜻밖에도 신우가 나섰다.

"내가 응급처치를 할 줄 알아. 배웠어."

"그래? 그럼, 서둘러 보건실로 가자."

성구가 먹을거리를 담을 가방을 챙기며 말했다.

"식당은 내가 미진이랑 다녀올게."

"좋아."

남은 건 지호 하나였다. 준서는 교실을 나가려다가 지호를 돌아보며 물었다.

"나갔다 올 생각이다. 혼자 있을 수 있겠냐?"

"응. 난 괜찮아."

"혹시 누구라도 찾아오면 숨어야 한다."

지호는 겁을 먹은 표정으로 대답했다.

"그럴게."

*　　*　　*

보건실.

준서 일행은 1층으로 내려가 복도 끝에 있는 보건실로 향했다. 교무실 반대편이라 다행이었다. 발소리를 죽인 탓에 긴장감은 최고였다.

문을 열자 피비린내가 훅하고 끼쳐졌다. 네 사람은 자연스럽게 인상을 썼다. 불은 꺼져 있었다. 창밖에서 들어오는 불빛이 전부였다. 어둠 속에서 보건실 특유의 약품 냄새가 났다. 네 사람은 조심스럽게 안으로 들어갔다. 침대에 사람으로 보이는 물체가 쌓여 있었다. 실루엣만 보였다.

재민이 고개를 갸웃거렸다.

"뭐지? 움직이질 않는 거 같은데."

"불을 켜봐라."

담임 양세종의 말에 재민이 불을 켰다. 침대에 널브러져 있는 건 상열이, 영호, 보건 선생이었다.

"……!"

놀랍게도 그들은 싸늘한 주검이 되어 있었다.

죽은 세 사람의 얼굴은 만신창이였다. 머리에 야구 배트를 맞은 상열이와 얼굴 반쪽이 핏물에 절은 상태였고, 보건 선생은 목이 졸린 듯 혀를 길게 내밀고 있었다.

담임 양세종이 말을 더듬거렸다.

"죽, 죽었다. 방치해서 과다 출혈로 죽은 모양이다. 보건 선생님은 어떻게 된 거지?"

준서가 확신에 찬 목소리로 단정했다.

"아뇨, 과다 출혈이 아니라 누군가 죽인 거예요."

재민이 고개를 끄덕였다.

"대충 답이 나오네. 학생주임이 안 보이잖아?"

담임 양세종이 탄식을 했다.

"학생주임이 죽였다고? 어떻게 이런 일이."

"아……."

신우가 얼굴을 감싸며 바닥에 주저앉을 듯했다. 준서는 가늘게 떨리는 신우의 어깨를 감싸 안았다. 신우가 가슴을 파고들어 얼굴을 묻었다.

"무서워."

"진정해."

재민이는 냉철하게 상황을 분석했다.

"이건 이상한데? 학생주임이 정신착란이라면 시체를 숨길 필요가 없잖아. 아니, 이럴 정신이 없는 게 맞지 않나?"

일리가 있다. 학생주임이 정신착란을 일으킨 게 아니라면 뭘까. 신우가 말했다.

"재민이 너, 너무 냉정한 거 같아."

"냉정하긴. 내가 있던 곳에서는 수십만…… 아니, 셀 수도 없는 많은 사람들이 죽었어. 이까짓 건 아무것도 아니야. 여기도 곧 더한 꼴을 보게 될지도 몰라."

신우가 혼이 빠진 얼굴로 재민을 쳐다보았다.

"우리가 사는 세상도 그렇게 된다는 거야?"

"응. 그렇게 된다는 거야."

"무서워."

준서는 바닥과 벽에 묻은 핏물을 유심히 살펴보았다. 준서는 미간을 찌푸렸다. 혈흔의 모양이 군사 학교에서 배운 것과는 달랐기 때문이었다.

'이상하네. 마치 총을 사용한 흔적 같잖아.'

학생주임이 아무리 흉기를 사용했다고 하더라도 사람은 이런 충격을 줄 순 없었다. 생각이 이에 미치자 준서의 눈빛이 날카롭게 번득였다.

'안드로이드일 가능성이 있다.'

로션 타입의 소염 진통제를 찾아서 신우는 담임 양세종의 다친 어깨에 발라주었다.

"신우는 언제 이런 걸 배웠니?"

"외국에서요. 국제 학교에서 배운 건데요. 그때는 정말 배우기 싫었거든요. 그런데 이렇게 쓰일 줄은 몰랐어요."

담임 양세종은 흐뭇한 표정을 지었다.

"다행이구나. 네가 있어서."

준서는 보건실 약품함을 열었다.

"신우야, 필요한 약들 챙겨. 일단 교실로 돌아가게."

"알았어."

신우는 마음을 가다듬고 구급약을 챙겼다.

* * *

준서 일행이 보건실에 간 사이, 교실에는 지호 혼자만이 남아 있었다. 지호는 특이하게 생긴 단말기를 두 손으로 조작했다. 문자를 보내는 것 같았다. 그때, 불만이 가득한 발자국 소리가 복도에 울렸다. 그러더니 지연과 유미가 불쑥 교실로 들어왔다. 매우 짜증 난 듯, 둘 다 얼굴이 퉁퉁 부어 있었다. 통제받는 걸 딱 질색하는 애들인데, 이것저것 하지 말라는 지시에 짜증이 나서 교실로 돌아온 것이었다. 둘을 본 지호는 단말기를 숨기듯 주머니 속에 넣었다.

지연이 고압적인 말투로 지호에게 물었다.

"야, 다들 어디 갔어?"

"……."

대답을 하지 않자 유미가 압박했다.

"야, 꼬맹이. 안 들려? 다 어디 갔냐고."

지호는 여전히 대답하지 않고 가만히 앉아 있었다. 한껏 짜증 난 표정이던 지연이 갑자기 측은한 표정을 지어 보였다.

지연은 지호의 머리를 쓰다듬으며 달랬다.

"이런. 겁먹었구나? 아유, 귀여워라."

지연이 지호의 뺨을 만지려 할 때였다. 지호가 돌연 지연의 손목을 턱 잡았다. 그리고 옅게 웃으며 물었다.

"내가 귀엽니?"

"당연하지. 이렇게 귀엽게 생겼는데."

순간, 지호의 눈가에 서늘한 기운이 스쳐 지나갔다.

"어머, 얘 눈빛 좀 봐. 너 지금 화난 거니?"

"아니. 난 감정이 없거든. 그래서 화를 낼 줄 몰라."

"호호. 감정이 없어? 넌 사람 아니니?"

"응."

"뭐? 사람이 아니라고?"

지호가 천천히 지연의 손목을 꺾었다. 지연은 손목에 느껴지는 통증에 미간을 찌푸렸다. 아파. 그만해, 라고 소리쳤지만 지호는 행동을 멈추지 않았다. 지연의 손목이 한껏 뒤로 꺾였을 때였다. 우두둑하고 지연의 가느다란 손목은 부러지고 말았다.

"악!"

지연이 힘없이 덜렁거리는 손목을 붙잡으며 고통을 호소했다.

"너무 아파."

유미가 화들짝 놀라 지연에게 물었다.

"지연아! 괜찮아?"

지호는 손을 뻗어 지연의 목을 잡았다. 손가락이 길어진 탓에 지연의 목은 한 손에 잡혔다. 지호는 궁금하다는 표정으로 지연에게 물었다.

"또 그래서 네가 얼마나 아픈지도 몰라. 말해 볼래? 얼마나 아픈지?"

"컥. 컥. 죽을 거 같아. 목 좀 놔 줘."

"그렇군. 하지만 걱정 마. 곧 아픔을 못 느끼게 될 테니."

"무, 무슨 말이야?"

"죽으면 아무 고통 못 느낀다면서."

"안 돼, 꺽!"

지연의 얼굴에 붉은 피가 몰렸다. 눈알은 곧 튀어나올 것 같았고, 얼굴은 터질듯 부풀었다.

"지, 지호야…… 살려줘."

"왜? 내가 널 살려줘야 할 이유가 있어?"

지호는 오른손으로는 목을 잡고 왼손으로는 지연이의 머리카락을 잡아 사정없이 젖혀버렸다. 우두둑하고 목뼈 부러지는 소리가 나더니 지연의 목은 힘없이 꺾여버리고 말았다.

"건방진 인간 계집애."

유미는 새파랗게 질려 비명도 지르지 못하고 서 있었다. 입을 가린 두 손은 벌벌 떨고 있었다. 지호가 돌아보자 유미는 조금씩 뒷걸음질 쳤다.

"안 돼. 살려줘."

"싫어."

지호가 앉은 상태에서 손을 내밀었다. 그러자 손이 칼날처럼 변했다. 그리고 팔이 쑥하고 길어지더니 손이 유미의 가슴을 향해 빠르게 날아갔다.

푹!

지호의 칼날 같은 손은 유미의 가슴을 뚫었다. 등 뒤로 지호의 손이 핏물과 함께 터져 나왔다. 핏물은 칠판을 붉게 적셨다.

유미는 두 눈을 부릅뜬 채 절명했다.

"나약한 인간들."

지호는 죽은 지연과 유미를 창가로 끌고 갔다. 곧게 뻗은 두 사람의 발이 교실 바닥에 질질 끌렸다. 지호는 창문을 열고 지연과 유미를 차례로 밖으로 던졌다.

3층이었다.

잠시 후, 퍽하고 뭔가가 깨지는 소리가 들렸다.

지호는 창밖으로 목을 빼 아래를 내려다보았다. 지연과 유미는 화단에 널브러져 있었다. 둘의 머리에서 흘러나온 검붉은 피가 화단의 흙을 붉게 물들였다.

그 모습을 보고 지호는 입꼬리를 살짝 말며 웃었다.

"훗."

지연과 유미를 살해한 후, 지호는 제자리로 돌아가 태연하게 앉았다.

어느새 표정은 수줍은 소년으로 돌아와 있었다.

그리고 단말기를 꺼내 다시 문자를 보냈다.

[목표물에 접근 성공. 제거 가능성 95%.]

Chapter 4
폭력 교실(2)

화단 앞에 십여 명의 학생들이 몰려들었다.

연보라빛으로 화려하게 핀 크로커스 꽃과 그 옆에서 피를 흘리고 있는 여학생들의 모습은 정말 아이러니했다. 학생들은 지연과 유미의 처참한 시체 앞에서 경악을 금치 못했다. 그 소식을 들은 백골단 학생들이 달려왔고, 그중에는 종철이도 있었다. 여자 친구의 죽음을 본 종철이는 미친 듯이 울부짖었다.

"으아아! 지연아!"

종철이는 주변을 돌아보며 살기를 흘렸다.

"어떤 놈이야. 나와. 죽여 버릴 테니. 나오란 말이야!"

그때, 어디선가 나타난 학생주임과 체육 선생이 다가왔다. 그들의 손에는 야구 배트와 골프채가 들려 있었기에 학생들은 바짝 경계를 했다.

종철이 날이 선 목소리로 외쳤다.

"당신들이야? 당신들이 죽였어?"

체육 선생이 어깨를 으쓱했다.

"학생을 죽이는 선생도 있나?"

"상열이와 영호는. 걔네들은 왜 팼는데. 왜 팼냐고!"

"그건 규율을 잡기 위해서였다. 규율을 잡기 위해 살인을 하는 선생은 없지 않냐."

"그럼. 지연이와 유미는 누가 죽인 거지?"

학생주임은 범인을 준서 일행으로 몰아가려고 슬쩍 힌트를 주었다.

"두 여학생의 상태를 보아 누군가 죽인 다음, 추락시킨 걸로 보인다."

"추락?"

종철이와 학생들이 건물을 올려다보았다.

지연과 유미가 떨어진 화단에서 직선으로 올려다 볼 때, 맨 꼭대기 층은 2학년 4반이었고, 창문은 열려 있었다.

누군가가 외쳤다.

"4반이야. 창문이 열려 있잖아."

"누가 남아 있지? 백골단에 합류 안 한 애들이 누구야?"

"맞아. 오늘 전학 온 재민이 놈이 지연이한테 치근거렸잖아."

"그래. 그것 때문에 종철이랑 옥상에서 맞짱 뜨기로 했었지. 준서도 같은 편이야."

종철이가 이를 갈았다.

"이 개자식들."

그때, 학생주임과 체육 선생의 귀에 부착된 수신 장치에 지시가 하달되었다.

－보건실에는 시신이 있다. 성구란 놈이 식당으로 갔으니 그쪽으로 유도하라.

학생주임이 종철이에게 슬쩍 귀띔을 했다.

"내 생각에는 식당으로 갔을 거 같다. 버티려면 먹을 게 필요할 테니까. 너희들이 경비를 운용하기 전에 훔치려고 하겠지."

그 말에 학생들은 흥분하기 시작했다.

"선생님 말이 맞아."

"야, 다들 식당으로 가서 준서 일행을 잡아!"

가장 흥분한 것은 여자 친구를 잃은 종철이었다.

"이 새끼, 잡히면 죽여 버릴 거야!"

*　　*　　*

몰래 식당으로 가던 성구와 미진이는 운동장에서 벌어지는 광경을 보게 되었다. 광란에 가까운 아이들의 행동은 온몸에 소름이 돋게 만들었다. 잠시 멈춰 서서 보는 것만으로도 마음이 불안해질 정도였다. 성구는 무서워, 라고 말하는 미진이의 손을 잡아끌었다. 그러는 통에 미진이는 뒤뚱뒤뚱 넘어질 듯 성구를 쫓아가야 했다. 학교는 원래 돌계단이 많은 곳이라 미진이의 발걸음은 더욱 불안했다. 그런 의미에서 성구의 손길은 많은 의지가 될 수밖에 없었다. 평소 까불대는 행동과는 달리 오늘따라 성구가 믿음직스럽게 느껴지는 미진이었다. 식당으로 잠입한 성구는 가급적 유통 날짜가 긴 음식을 가방에 담았다. 낮에 점심으로 나온 카레와 돈가스가 보였다.

성구가 말했다.

"미진아. 배고프지 않냐? 우리 저거 좀 먹고 갈까?"

"식었잖아."

"카레와 돈가스는 식어도 맛있어."

"처음 듣는 소리인데?"

성구가 돈가스 한 조각을 카레에 찍어 미진이에게 내밀었다. 미진이가 살짝 망설였다. 맛이 없을 것 같아서는 아니었다. 뭔가 이런 행동들은 연인들 사이에나 하는 것 같아서였다. 이어 두근거리는 가슴이 '싫지 않아' 라고 말했다. 그런 여학생의 심리를 모르는 성구는 포크로 찍은 돈가스를 막 들이댔다.

"진짜라니까. 내 말 믿고 한 입만 먹어봐."

"으응, 그럴까?"

미진이는 마지못해 돈가스를 한 조각을 입에 넣고 우물거렸다. 정말이었다. 배고플 시간이 된 탓인지 식은 돈가스도 맛이 있었다.

"정말이네."

성구는 자기 말이 맞았다는 듯 좋아라했다.

"그렇지? 나도 식은 거 무지하게 먹었다."

"왜 식은 걸 먹어?"

"아빠 엄마가 맞벌이 하니까. 혼자서 먹던 게 습관이 돼서 그래."

"렌지에 데워 먹지."

"꼬맹이 때 키가 닿아야 말이지."

"하하."

그랬구나.

성구도 밝은 구석만 있는 게 아니었다는 생각이 들자, 미진의 마음 한구석에서 여자 특유의 연민이 일었다.

사귀자고 고백할까?

막 그렇게 생각했을 때였다.

식당 문이 벌컥 열리며 종철이와 백골단 애들이 안으로 들어왔다. 종철이가 둘을 보며 썩은 미소를 지었다.

"놀고들 있네."

"……?"

"쥐새끼들 같이 식당에서 연애하냐?"

성구는 겁을 먹고 말을 더듬었다.

"그, 그런 거 아냐."

"여기서 뭐하는데?"

"그거야 먹을 것 좀 가지러 왔지."

종철이는 백골단 애들에게 명령을 내렸다.

"이런, 도둑놈의 새끼. 야, 이것들 잡아끌고 나와."

"우리가 뭘 잘못했는데?"

성구가 반항을 했지만 백골단 애들은 막무가내였다.

"닥쳐, 이 새끼야! 조용히 따라와."

"그럼. 미진이는 놔둬. 걔는 잘못한 거 없단 말이야."

퍽. 퍽. 퍽.

백골단 애들은 미진이를 보호하려는 성구를 무자비하게 밟아 댔다.

"그건 우리가 결정해. 새끼야. 이게 뒈지려고 어디서 주둥이를 나불거려. 더 밟아 줄까?"

성구는 발길질을 당하면서도 미진이를 챙겼다.

"그래. 밟아 죽여라. 대신, 미진이는 놔두라고. 이 개새끼들아!"

미진은 금방 울먹이며 발을 동동 굴렀다.

"성구야. 난, 괜찮아. 그만해."

* * *

백골단 소속 학생들은 책상과 의자를 운동장 가운데 모아 놓고 불을 붙였다. 거대한 무리들 사이로 긴장감이 고조되어 갔다. 불꽃 사슬이 책상과 의자를 타고 달음질을 쳤다. 기름을 붓자 불길은 삽시간에 책상과 의자를 휘감더니 5미터 높이까지 솟구쳤다.

우와, 하는 함성이 밤하늘에 울려 퍼졌다.

불의 열기가 모두를 흥분시킨 모양이었다. 불길을 본 학생들은 미친 듯이 제자리 뛰기를 했다. 쿵쿵거리는 발소리는 하나의 괴성으로 합쳐져 건물 벽에 부딪혔다. 머리에 띠를 두르고, 얼굴에 페인팅까지 한 학생들의 모습은 마치 공포 영화의 한 장면을 연상케 했다.

학교의 질서를 위해 결성된 자경단이지만 그 본질은 몇 시간이 채 되지 않아 변해갔다. 학교 '짱'인 마낙길이 그 자리를 빼앗아버렸기 때문이었다. 자경단 조직은 소위 일진 애들이 차지했다.

마낙길은 교장 선생의 의자에 거만하게 앉아 있었다.

"갑자기 왕이 된 기분인데?"

그의 똘마니가 아부를 했다.

"지금은 통솔력이 강한 리더가 필요한 때잖아. 누군가는 왕 노릇을 해야지."

"나도 그렇게 생각해."

3학년 학생회장 민경태는 법정에 소환된 피고인처럼 얼굴이 굳어 있었다. 마낙길이 어깨만 들썩이며 소리 없이 웃음을 날렸다.

"표정이 왜 그래? 웃어."

"이건 옳지 않은 방법이야."

"내가 하면 옳지 않고, 네가 하면 옳은 방법이야?"

"어쩔 생각인데?"

"이 학교의 왕이 되려고. 원래 난 그럴 생각이 없었어. 그런데 애들이 나를 원하네? 네가 아니고 나를. 그러니까 이제 너는 찌그러져라."

"선생님들을 붙잡아두는 건 옳지 않아."

마낙길이 교무실에서 붙잡아온 선생들을 보았다.

"저 인간들이 여기서 나가게 해준대?"

"그건 아니지만."

"그리고 영원히 여기서 못 나간다면. 누군가는 학교를 다스려야 할 것 아냐. 그리고 내가 이곳의 왕이 되면 안 되는 법 있냐?"

"그래도 선생님을 따라야 한다고 생각해."

"야, 이 새끼가 영 말귀를 못 알아듣는다."

퍽.

한 놈이 각목으로 민경태의 허벅지를 후려쳤다. 그러자 다른 놈들도 각목을 휘둘렀다. 집단으로 뭇매를 맞은 민경태는 피투성이가 되어 쓰러지고 말았다.

종철이가 성구와 미진을 잡아온 것은 그때였다.

"형, 이것들이 식당을 털고 있는 걸 잡아 왔어요. 그리고 준서와 재민이란 놈이 지연이와 유미를 죽였어요."

마낙길이 쓰러진 민경태를 보면서 삐뚜름하게 웃었다.

"봤냐? 이제 내 말이 이해가 될 거야. 이래서 강력한 지도자가 필요한 거야. 저런 허약한 선생들이나 너 같은 공부벌레가 아니라. 알겠지?"

마낙길은 제 똘마니들에게 지시를 했다.

"저 둘을 철봉에 매달아. 본보기로 화형에 처할 테니. 그리고 준서란 놈 패거리를 잡아와."

화형이라니.

영어 선생 박미희가 용기를 내어 소리쳤다.

"장난이 지나치잖아. 선생으로서 명령할 거야. 이제 그만 좀 해!"

마낙길이 영어 선생 박미희를 째려보며 손으로 목을 긋는 시늉을 했다.

"큭큭큭. 당신은 더 이상 선생이 아니야. 왜냐면 방금 해고됐거든. 나가서 학원이나 알아보셔. 살아나갈 수 있을지 그건 모르겠지만. 큭큭큭."

*　*　*

교실로 돌아온 준서는 바닥에 흥건히 고인 핏물을 보고 크게 놀랐다. 그러나 곧 마음을 진정하고 혈흔을 내려다보았다. 혈흔 속에서는 피를 흘린 자의 살려달라는 비명이 들리는 것 같았다. 신우는 놀라서 입을 가렸고, 담임 양세종은 넋이 나간 듯 멍하니 서 있었다. 의연한 것은 재민이뿐이었다. 지호가 보이질 않았다. 준서는 지호를 찾았다.

"유지호!"

지호가 청소함 문을 열고 나왔다.

"나, 여기 있어."

"무슨 일이야. 이 핏물."

"나도 잘 몰라. 애들이 몰려오는 소리가 들려서 일단 숨었는데. 지연이랑 유미의 비명 소리가 들리고…… 무서워서 나오지 못했어."

"성구랑 미진이는."

"아직 안 돌아왔어."

창밖에 붉은 기운이 보였다. 하늘로 치솟은 불길 때문이었다. 창밖을 내려다본 재민이 말했다.

"저기, 철봉에 묶여 있는 애들. 성구랑 미진이잖아. 저놈들 완전히 돌았는데?"

신우가 말했다.

"성구랑 미진이 맞아. 선생님들도 잡혀 있어. 어떡하면 좋아."

"근데, 저 새끼들 뭐하는 거야?"

담임 양세종이 말했다.

"집단 광기인 것 같다."

그때였다. 한 무리의 학생들이 계단을 뛰어 올라오는 소리가 들렸다.

종철이가 보낸 애들이었다. 녀석들은 저마다 손에 무기를 들고 있었다.
"준서랑 오늘 전학 온 놈들이다. 잡아!"
재민이 피식하고 웃었다.
"뭐냐. 이 시추에이션은."
준서는 신우와 담임 양세종, 그리고 지호를 교실 구석으로 피하게 했다.
"선생님 모시고 잠깐 있어."
"응."
"준서야. 조심해라."
"걱정 마세요."

담임 양세종의 말대로 이것은 집단적 광기였다.
흥분한 탓에 놈들은 거친 숨소리에 눈알마저 시뻘겋게 충혈되어 있었다. 재민이 뒷문을 맡으라는 손짓을 하고 자신은 앞문으로 달려 나갔다.
재민에게 세 놈의 공격이 날아들었다.
좌측에는 각목이, 우측에는 소방용 도끼, 정면에서는 삽이 날아들어 왔다. 소방용 도끼는 왼쪽 어깨를 노려 왔고, 삽은 복부를 겨냥하고 있었다.
"훗. 자식들. 제정신 아니구먼?"
쇄골을 향해 날아오는 소방용 도끼를 맞을 듯 서 있다가, 그것이 목에 가까이 이르러서야 몸을 틀어 비껴낸 다음 놈의 손목을 낚아챘다.
"어?"

놈이 재민의 움직임에 당황한 표정을 지었다.

재민은 비릿하게 웃으며 손에 힘을 주었다. 그러자 우둑, 힘줄이 끊어지는 소리가 나며 놈이 고통스럽게 비명을 질렀다.

"아악!"

동시에 왼손으로 소방용 도끼를 빼앗아 배를 향해 들어오는 삽을 쳐내고 놈의 가슴을 발로 내질렀다.

"악!"

콰직.

왼쪽 놈이 휘두른 각목이 재민의 옆구리를 때렸다. 기력을 썼는지 각목은 힘없이 두 동강이 나고 말았다.

준서는 속으로 생각했다.

'재민이 실력도 대단하구나.'

그렇게 생각하는 동안 재민이는 순식간에 몇 놈을 더 쓰러뜨렸다. 더 이상 안 되겠다고 판단했는지 몰려왔다가 남은 녀석들이 줄행랑을 쳤다. 재민이 쓰러져 있는 놈들을 밟으려 하자 담임 양세종이 소리쳤다.

"재민아, 안 돼! 지금은 잠시 광기에 빠져 있지만 그냥 네 친구들일 뿐이다."

재민이 겸연쩍은 듯 뒷머리를 긁적이며 발을 내려놓았다.

"제가 잠시 흥분했네요."

* * *

재민이 애들을 처리하는 동안 준서는 바닥에 고인 혈흔을 좀 더 자세히 살펴보았다.

"……?"

그러다가 문득, 지호의 말이 거짓일 수도 있다는 생각이 들었다.

준서가 그리 생각한 것은 어지럽게 비산(飛散)된 혈흔 중에서 자유낙하 혈흔(정지된 상태에서 중력의 힘에 의해 떨어진 혈흔)이 딱 하나만 발견되었기 때문이었다.

서서 흘린 피가 딱 하나.

나머지는 널브러져 흘린 피.

즉, 살인자는 혼자란 의미였다.

'지호는 애들이라고 말했는데 왜 자유낙하 혈흔이 하나지?'

비록 혼자일지라도 살인자는 결코 서두르지 않았다.

혈흔으로 유추해볼 때 살인자는 지연과 유미를 처리한 다음, 잠시 동안 서 있었던 것 같았다. 준서는 혈흔의 가로세로의 비율로 그가 움직인 방향을 추측해 보았다.

창문 쪽?

그것은 톱니 모양으로 벽 쪽까지 이어져 있었다.

살인자는 그쪽으로 유유히 걸어갔을 것이다. 준서는 살인자가 된 심정으로 혈흔을 따라 천천히 걸었다.

그리고 생각했다. 창밖으로 던진 건가?

그렇다면 무엇으로 죽였지? 그건 의문이었다.

혈흔이 이탈되는 속도를 보면, 대충 살인자가 어떤 흉기를 사용했는지 추정할 수 있다. 보통 사건의 경우에는 초속 25피트~100피트(약 7.62m~30,48m)의 힘이 가해지는 중속 혈흔이 남게 마련이다. 도검이나 도끼, 망치 등 대부분의 흉기들이 이에 해당했다.

그러나 교실 칠판에는 초속 100피트(약 30.48m) 이상의 충격에 의해 만들어지는 고속 혈흔이 남아 있었다.

이는 총상이나 폭발에 의한 경우.

총상도 없고 폭발한 흔적도 없는데, 피해자들의 몸은 만신창이가 되어 있다.

대체 무엇이 이런 파괴력을 발휘했을까.

결론은 하나였다.

'이건 안드로이드밖에 없다.'

준서는 지호를 쳐다보았다. 연약해 보이는 수줍은 소년, 지호의 뒷모습에서 기사수련생을 도륙한 제롬이 보였다. 준서는 그제야 고개를 끄덕였다.

'젠장. 그랬군.'

한 치의 의심도 하지 않았었다. 왜 그랬지?

준서는 지호를 가만히 불렀다.

"유지호. 아니, 제롬이라고 해야 맞나?"

준서의 물음에 지호가 기묘한 표정을 지었다.

"이제 눈치를 챈 거야?"

재민이 이상한 듯 준서와 지호를 번갈아 쳐다보았다.

"뭐야?"

준서의 얼굴에서는 물로 씻어낸 것처럼 표정이 사라졌다. 반면 지호는 얇은 입술 양 끝을 치켜 올려 앞니가 보이도록 웃었다. 그 웃음은 살짝 지은 미소였지만 완벽하게 빈정거리는 웃음이었다. 준서는 잠시 입을 다물었다가 마침내 말했다.

"반군 지도부가 있는 대성당에 잠입하여 기사수련생들을 모두 도륙한 놈이야."

재민의 입이 벌어졌다.

"공간 좌표를 어떻게 알고?"

"군사 학교에 신입생으로 들어와서 교육을 받았어. 그리고 신뢰를 쌓았지. 3년 동안."

"인내심이 강한 놈이군."

"얼마 전, 2525년에 다녀왔어. 거기서 R2라는 살인 병기와 싸웠었는데, 쟤는 그보다 더해."

재민이 턱으로 제롬을 가리켰다.

"저렇게 생긴 놈이?"

"응. 보기와는 달리 잔혹해."

지호가 송수신 스위치를 켠 후, 단말기 스피커에 대고 말했다.

"놈이 우리의 정체를 알아냈다. 현 시간부로 전투 모드로 변환한다."

싸움은 피할 수 없을 것이다. 준서는 신우를 돌아보았다.

"선생님 모시고 우리가 처음 만난 곳에 있어. 데리러 갈게."

준서가 말한 곳은 미술실. 오직 신우만이 알아들을 수 있는 말이었다.

"응. 알았어. 조심해."

"걱정 마."

신우가 담임 양세종과 함께 교실을 나갔다.

잠시 후, 학생주임과 체육 선생이 교실로 들어왔다. 다행히도 신우와 마주치지 않은 모양이었다. 재민이 눈을 가늘게 뜨며 물었다.

"저놈들도 안드로이드지?"

준서는 확신했다.

"어."

"어쩐지 이상하다 싶었다. 연맹 지도부에서 널 제거하려고 이런 일을 벌인 거로군."

"그랬겠지."

"사람의 목숨을 파리처럼 여기는 것들. 언젠가는 연맹 지도부를 박살 낼 날도 오겠지. 하여간 저 꼬맹이는 나한테 맡겨둬."

"아니, 저놈은 내가 상대할게. 너는 학생주임과 체육 선생을 맡아. 난 저놈에게 되돌려 줘야 할 빚이 있거든."

"그럴까?"

*   *   *

제롬이 손을 옆으로 뻗어 손바닥을 펼쳤다.

그러자 비취색 기운이 뭉글거리더니 뭔가가 소환되었다. 놈의 손에는 브로드 소드(broad sword)가 쥐어졌다. 학생주임과 체육 선생도 똑같은 자세를 취했다. 학생주임의 두 손에는 트윈체인(사슬 끝에 쇠갈퀴가 달린 양손무기)이 쥐어졌고, 체육 선생의 손에는 러카버 액스(lochaber—끝에 도끼가 달린 장창)이 쥐어졌다.

"목표물 제거 작전 돌입."

학생주임과 체육 선생이 송수신 마이크에 대고 말했다.

"임무 완료 후 보고하겠음."

재민이 살짝 짜증을 부리며 자신의 검을 소환했다. 귀족의 검이라 불리는 샤벨이었다.

"이 새끼들 말투. 영 거슬리네."

윙. 윙. 윙.

학생주임이 트윈체인을 머리 위에서 돌리다가 재민을 향해 던졌다.

"죽여주마."

트윈체인이 학생주임의 손에서 빠져나가면서 끝에 달린 쇠갈퀴가 재민의 몸을 찢어발길 기세로 날아들었다.

쉬이익!

"어딜."

차캉.

재민이 샤벨로 쇠갈퀴를 좌우로 쳐낸 후, 빠르게 반격을 하자, 학생주임은 잽싸게 트윈체인을 거두며 검을 피해 뒤로 물러섰다.

"제법이군. 인간."

한번 역공을 당한 학생주임은 집중하여 다시 공세를 취해갔다. 트윈체인의 쇠줄은 일직선으로 뻗었을 때, 3미터에 달하는 길이였다. 이것을 중간에서 잡고 사용하니 쇠갈퀴의 공격은 1.5~2미터 사이에서 이루어졌다.

"이것도 막아봐라."

휘잉.

아래서 위로 크게 회전하여 들어오는 쇠갈퀴를 재민이 몸을 눕혀 피하자, 쇠갈퀴가 교실 유리창을 때리며 요란한 소리를 내었다.

와장창!

두 번째 공격도 실패하자, 학생주임은 아주 떨떠름한 표정을 지었다.

"쥐새끼 같은 놈. 잘도 피한다만 끝장을 내주마."

준서는 속으로 생각했다.

'트윈체인의 공격은 3미터 이내에서 이루어진다. 사정권 안에서는 방어에만 집중하고 반격의 기회를 노려야 할 텐데.'

학생주임이 트윈체인을 회수하여 재차 공격에 나설 때쯤, 재민이 갑자기 샤벨의 움직임에 변화를 주었다. 샤벨의 손잡이를 바투 잡고 검을 짧게 운영하기 시작한 것이다. 이는 가벼운 마음으로 방어에 임하려는 자세였다.

준서가 고개를 끄덕였다.

'마치 내 말을 들은 것 같네.'

그렇게 되자, 학생주임에게 직접적인 위협을 가하진 못했으나 트윈체인의 공격 또한 뚜렷한 효과를 거두진 못했다.

챙. 챙. 챙.

재민은 빨라진 검으로 쇠갈퀴를 계속 좌우로 쳐냈다.

그러자 쇠갈퀴가 방향을 잃고 허공에서 휘적거렸다. 학생주임은 트윈체인을 거두며 고개를 갸웃거렸다.

"너무 쉽게 봤나?"

이번에는 체육 선생이 어깨에 걸친 러카버 액스를 내려들며 나섰다.

"내가 돕지."

"체인으로 감아 놓을 테니까. 도끼로 머리통을 부숴버리라고."

"크큭. 그럴까?"

학생주임의 트윈체인이 상하좌우로 회전하며 재민이의 움직임을 제약하는 동안, 체육 선생은 틈틈이 러카버 액스를 휘둘렀다. 공격력을 볼 때, 여태껏 상대했던 하위 레벨 안드로이드와는 전투력의 차이가 확연히 달랐다. 개별 공격만이 아니라 협공에도 능했다.

좁은 교실에서 벌어진 싸움이라 재민은 순식간에 구석으로 몰렸고, 체육 선생의 러카버 액스를 막는 동안 학생주임의 쇠갈퀴가 재민의 복부를 스쳤다.

"읏!"

찢어진 교복 사이로 다섯 줄의 상처가 보였다.

통증이 있는 듯 재민이 인상을 찌푸렸다.

"젠장. 만만치 않은 놈들이군."

*　　*　　*

더 이상 보고 있을 수 없었다. 지금은 나설 때였다.

준서는 팔찌를 조작하여 군도를 소환했다. 오른손에 푸른 기운이 감돌더니 이내 군도가 쥐어졌다. 준서는 재민 앞으로 걸어가 학생주임과 체육 선생이 더 이상 협공을 전개하지 못하도록 막아섰다.

제롬이 준서에게 물었다.

"네가 세인트존의 혈족이겠지?"

"알아서 뭐하게."

"제거해야 하니까."

준서는 가볍게 웃었다.

"훗."

"왜 웃지?"

"그렇다고 해도, 아니라고 해도, 날 죽일 생각일 텐데."

제롬이 이를 보이며 웃었다.

"맞는 말이야."

준서는 제롬을 노려보며 말했다.

"그러니까 네놈은 어떠한 생각도. 어떠한 판단도, 아예 묻지도 마라. 기계면 기계답게 프로그래밍 된 대로 행동하면 된다."

제롬의 표정이 싸늘하게 굳었다.

표정이 왜이래. 자존심이라도 상한 것처럼.

혹시 감정이 있는 건가? 하는 의구심이 들었다. 그렇지 않다면 표정이 변할 리 없기 때문이다. 생각해보니 기계라는 말에 반응을 한 것 같았다.

인간에 대한 열등감? 자신을 만든 인간과 비교를 하다니.

이 녀석, 위험한걸?

"명령대로 해주지. 대성당에서처럼."

"대성당?"

Chapter 5
빨간 우체통

잿빛 황량한 초원, 재와 먼지, 시뻘건 진흙, 말라 버린 분수대의 물, 처참한 꼴로 녹아내린 붉은 용의 동상과 뾰족한 첨탑, 전쟁의 화마를 피하지 못한 대성당이 눈앞에 떠올랐다.

그리고 긴 복도에 널려 있던 많은 죽음들.

같이 훈련을 받은 기사수련생들이 누더기처럼 너덜너덜한 살가죽을 두른 해골이 되어 복도를 메우고 있던 장면을 생각하자, 가슴속에서 뜨거운 분노가 일었다. 뜨거운 분노는 공력을 증폭시켰고, 일어난 기파 때문에 준서의 상의가 펄럭하고 뒤로 젖혀졌다.

"사람이 우습게 보이나?"

"머리통을 부숴주지."

"그것도 능력이 되어야지."

체육 선생은 러카버 액스를 머리끝까지 올렸다가 힘차게 아래로 휘둘렀다.

캉!

준서는 군도를 들어 러카버 액스를 막았다.

가볍게 막은 것처럼 보이나 기력이 실려 있었기에 러카버 액스의 몸통이 우직 하는 소리를 내며 부러졌다. 준서는 부러진 러카버 액스의 반 토막을 손바닥으로 쳐냈고, 그것은 장창처럼 날아가 체육 선생의 가슴에 가서 박혔다.

"컥!"

빠지직 소리를 내며 파란 스파크가 일더니 가슴에 박힌 창대에 전류가 흘렀다. 준서는 몸을 한 바퀴 돌리며 군도를 횡으로 휘둘렀다. 군도는 체육 선생의 목을 정확히 날려버렸다. 잘린 머리통은 포물선을 그리며 날아가 벽에 한번 부딪치고는 바닥에 떨어졌다. 머리를 잃은 체육 선생의 몸통이 뒤뚱거렸다. 잘려진 부분으로 흘러나와 모습은 흉측했다.

"이래도 사람이 우습게 보이냐고. 이 개자식아!"

번쩍!

준서는 군도를 아래로 내리쳤고, 뒤뚱거리던 체육 선생의 몸통은 정확히 반으로 갈라졌다.

파지직!

갈라진 몸통에서는 합선이 일어났고, 합선된 전류는 체육 선생의 몸통을 시커멓게 태웠다. 피복이 벗겨지자 체육 선생은 기계 몸을 흉물스럽게 드러냈다.

"원래 그런 몰골이었군."

문득 준서는 체육 선생의 머리통을 돌아보았다.

"궁금하지 않아? 네 기계 몸통이 어떻게 생겼는지."

머리통을 집어 들어 절반으로 갈라진 채 시커멓게 타버린 놈의 몸통을 보여주었다.

"안드로이드니까 아직 시력이 남아 있겠지? 그렇다면 잘 봐. 이 흉측한 모습이 네 실체야."

준서는 체육 선생의 머리통을 던져버린 다음, 고개를 돌려 학생주임을 쏘아보았다.

"다음은 넌가?"

학생주임과 체육선생은 RS급 안드로이드였다.

인공지능을 탑재한 R계열 안드로이드 중 상위 레벨에 해당하는 스페셜 클래스란 의미였다. 그러나 준서의 군도 앞에서는 한낱 기계 덩어리에 불과했다. 학생주임도 몇 수 버티지 못하고 처참한 꼴이 되고 말았다.

"역시 수석답군."

학생주임까지 박살내고 나자 드디어 제롬이 나섰다.

"재미있는 싸움이 되겠어."

"재미?"

얼굴을 찌푸린 준서는 흥, 하고 웃고는 턱을 앞으로 내밀었다.

"재미를 원하면 특별하게 놀아주지. 나사와 볼트로 완벽하게 분해하는 놀이 어때. 재미있겠지?"

"닥쳐!"

발끈한 제롬이 브로드 소드를 앞세워 달려왔다.

학생주임과 체육 선생에 비해 제롬의 동작은 훨씬 날렵하고 신속했다. 제롬은 천장까지 솟구치면서 브로드 소드를 몇 번 휘저었다. 그 모양이 가벼워 별다른 무력을 느낄 수 없었다. 그러나 모양의 가벼움과 타격의 파괴력은 반비례했다.

챙. 챙. 챙. 챙.

군도를 들어 막자 파괴력이 전해졌다.

군도가 명검이 아니었다면 서로 부딪치는 힘만으로도 어깨가 부서지고 말았을 것이었다. 군도를 빼면 검기가 파편처럼 쏟아질 것이기에 준서는 허벅지에 힘을 주어 버텼다.

그러나 그것은 제롬의 노림수였다.

브로드 소드를 막기 위해 발이 묶이는 순간, 손이 날카로운 칼날로 변해 준서의 가슴을 찔렀다.

"……!"

위험한 상황이었다. 군도를 회수하지 않고 가슴을 찔리지 않으려면 몸을 트는 방법밖에 없었다. 가슴에 맞을 칼을 등에 맞는 것이다.

"위험하다."

츠카캉!

재민이 달려들어 제롬의 손을 샤벨로 밀어내듯 쳐냈다. 그 덕에 둘 사이의 기력 싸움은 흐트러지고 말았다. 그릇이 깨지는 굉음과 함께 푸른 검기가 사방으로 튀었다. 그중 하나가 재민의 허벅지에 꽂혔다. 재민은 커다란 고통을 느끼며 주저앉았다. 제롬은 검기가 흩어진 자리에 가볍게 내려섰다.

"날 방해하다니. 건방져!"

준서는 제롬의 행동을 유심히 지켜보았다.

미래 인류는 최상위 안드로이드에게 감정을 준 게 분명했다. 자신을 방해한 재민에게 분노를 느끼는 것이 눈에 보였던 것이다.

분개한 제롬이 재민을 향해 브로드 소드를 횡으로 그었다.

"죽어!"

차캉!

준서는 군도로 제롬의 브로드 소드를 쳐내며 기파를 발산하여 밀어냈다. 기파에 밀린 제롬이 휙 날아가 칠판에 부딪쳤다.

콰직!

칠판이 요란한 소리를 내며 부서졌다.

곧바로 일어난 제롬은 브로드 소드를 고쳐 잡았다.

순간, 아케론의 가르침이 떠올랐다.

—항상 몸과 생각, 육체와 의지가 서로 동조하도록 움직여야 한다. 검이 내 몸과 하나라면, 즉 생각이나 의지도 같이 움직이겠지. 그것이 싸움에 있어서 궁극의 경지이다.

—두려움은요?

—죽는 것 말이냐?

—예.

—죽는 건 그다지 두려운 게 아니다. 그냥 죽는 것뿐이니까. 그 이상은 없지. 그보다 두려운 것은 혼자 살아남아 네가 가진 모든

걸 잃는 것이다. 그 고통은 영원하다. 끝이 나질 않지. 밤마다 꿈으로 찾아오고. 그 꿈은 깨질 않아.

—그런 적 있어요?

—지금 그렇게 살잖아. 하하.

그렇군.

그리 생각하자 온몸의 살갗 안쪽, 피부와 근육 사이에서 뭔가가 근질거렸다. 그것은 분노였다. 전신에 분노를 느끼는 순간, 온도가 바뀌지 않은 채 피가 끓어올랐다.

"니들이 우리의 삶을 결정해? 무슨 근거로."

준서는 군도의 손잡이를 콱 틀어쥐고 걸어갔다.

제롬이 파워를 높이고 공세를 취해 왔지만, 깨달음을 얻은 준서의 대응은 좀 전과는 달랐다. 허리를 노리는 공격은 팔꿈치로, 어깨를 노리는 공격은 손등으로 쳐냈을 뿐 아니라 물러서서 피하기는커녕 오히려 앞으로 발을 내디뎠다.

제롬은 브로드 소드를 밑에서 위로 휘둘렀다.

슥.

준서가 상체를 뒤로 젖히자 칼날이 미세한 차이로 지나갔다. 가슴 부위의 교복이 살짝 베어지고, 상처까지 생겼지만 준서는 물러나지 않았다. 목숨이 위험할 만큼 칼날이 몸 가까이 스쳐 지나가고, 거세게 공격을 해 와도 마찬가지였다.

"그래. 죽기밖에 더해? 응?"

그리고 계속해서 군도를 휘둘렀다.

제롬의 공격에 상처가 나든 말든 다 무시하며 군도를 내리치고, 내리치고, 또 내리쳤다.

깡! 깡! 깡!

"너, 파워 서플라이 어디 있냐?"

빈틈이 보이자 머리로 제롬의 콧등을 치받았다.

빡!

"여기냐?"

군도의 파괴력은 엄청났다.

그렇게 빠르던 제롬이 주춤하며 뒤로 물러선 것이다. 준서는 멈추지 않고 바짝 따라가 낮고 빠르게 뛰어오르며 발길로 복부를 내질렀다.

"여기냐?"

제롬의 무릎을 밟고 다시 뛰어올랐다가 내려오는 탄력을 이용하여 팔꿈치로 정수리를 찍었다.

콰직!

외부 금속판이 찌그러지는 소리가 들렸다.

"아니면, 여기냐?"

패액! 패액!

군도를 휘두를 때마다 손과 발이 하나씩 날아갔다.

승부는 순식간에 결정이 났다. 신체 주요 관절 부위가 박살 난 제롬이 잠시 멍하니 서 있었다. 서 있었다기보다 움직일 수 없었던 것이다. 준서는 그런 제롬을 무심한 눈길로 쳐다보았다.

"네놈이 죽인 기사수련생들 기억해?"

제롬의 목소리가 갑자기 지호 톤으로 바뀌었다.

"응. 기억나. 하지만 난 명령에 따랐을 뿐이야. 나도 그러고 싶지 않았어."

준서는 역겹다는 표정을 지었다.

"헐. 방금 표정은 뭐야. 동정 모드?"

"아니, 내 잘못이……."

"닥쳐, 이 새끼야!"

번쩍!

군도의 날이 빠른 속도로 제롬의 목을 지나갔다. 군도가 지나가고 나서 한참 뒤에 제롬의 잘린 머리통이 위로 솟구쳤다.

텅.

제롬의 잘린 머리통은 천장에 맞고 벽에 튕겼다가 교실 바닥을 데굴데굴 굴렀다. 준서는 그것을 발로 세웠다.

"내 잘못이 아니야…… 목표물 제거 실패…… 내 잘못이 아니야…… 목표물 제거 실패."

오작동을 일으킨 듯 제롬은 준서의 발아래에서 계속 같은 말을 반복했다.

거의 형태만 남은 입에서는 신경을 건드리는 소리가 흘러나왔다.

"제롬은…… 나 혼자가 아니다…… 많다…… 아주 많다."

"시끄럽긴."

콰직!

준서는 제롬의 머리통을 사정없이 밟아버렸다.

"너 때문에 죽어간 영혼이나 기억해라."

*　*　*

“지호는 어떻게 된 거냐?”

미술실 문을 열자 담임 양세종이 달려와 물었다. 신우 또한 궁금한 표정이었다.

준서는 담담하게 대답했다.

“처리했어요.”

신우가 가슴을 쓸어내렸다.

“다행이야.”

그러나 담임 양세종은 영문을 몰라 안절부절 못했다.

“처리하다니. 무슨 말을 하는지 하나도 못 알아듣겠구나. 신우는 아는 거니?”

난감했다. 이 복잡하고 긴 얘기를 어떻게 설명한단 말인가. 어디서부터 설명을 해야 할지. 또 어떻게 설명을 해야 할지 판단이 안 섰다.

“할 수 없지.”

재민이 나서서 문제를 해결했다.

팔찌를 수면 모드로 조작하여 담임 양세종을 재운 것이었다. 팔찌에서 나온 빛을 쪼인 담임 양세종은 힘없이 잠이 들고 말았다. 준서와 재민은 담임 양세종을 미술실 책상 위에 편히 눕혔다.

걱정이 된 듯 신우가 물었다.

“선생님은 괜찮으신 거지?”

재민이 대답했다.

“푹 주무실 거야. 정상으로 돌아올 때까지.”

준서도 그리 생각했다. 선생님한테는 차라리 이게 나을지도.

재민이 먼저 미술실을 나섰다.

"자, 나가자."

청명한 밤하늘, 뻗으면 손에 닿을 듯 가까이 펼쳐져 있는 타란툴라 성운, 거기서 쏟아져 내려오는 핑크색 별빛, 밤하늘을 뚫을 듯 솟구치는 캠프파이어의 불길, 그로테스크한 학교 분위기, 정말 중간계 어디쯤, 낯선 공간으로 떨어진 것 같은 느낌이 확연했다.

재민이 손가락으로 위를 가리켰다.

"하늘 좀 봐라."

타란툴라 성운은 핑크색 가스를 배출하고 있었다. 수많은 별들이 쏟아질 듯하여 어지러웠다.

"마치 은하를 탐험하는 것 같지 않냐?"

준서는 관자놀이를 눌렀다.

"어지럽다."

"저게 우리 은하랑 쌍둥이라 불리는 마젤란 성운에 소속된 타란툴라 성운이야. 남반구에서만 관측이 가능하지."

"지구가 뒤집어지기라도 했나?"

"내 말이 그 말이다."

"아까 담임 선생님한테 쓴 거는 뭐야?"

"최면 스킬. 우리 같은 표류자들은 한 가지씩 스킬을 갖게 돼. 나는 상대방을 잠들게 하는 스킬을 가지고 있어. 시간도 조절 가능하고."

"표류자?"

"말 그대로야. 특정 시공간에 속하지 못하고 표류하는 인간. 그들을 부르는 말이야."

"처음 들었어."

"준서, 네가 가진 스킬은 뭐냐?"

"나는 몰라."

"아직 각성이 안 됐나? 궁금해진다. 어떤 스킬을 지닌 놈인지."

준서 옆에서 걷던 신우가 상상력을 발휘했다.

"하늘을 보니 꼭 시간이 빨리 흐르는 것 같아."

"……!"

준서와 재민은 동시에 서로를 쳐다보았다.

둘 다 머릿속에 섬광 같은 것이 번쩍이는 느낌을 받은 것이다. 엉겁결에 던진 말은 소름이 돋게 만들었다. 너도 같은 생각이야? 둘은 또 동시에 팔찌의 시계를 확인했다.

순간, 눈앞이 캄캄해졌다.

말도 안 돼. 2023년이라니.

신우가 해맑게 물었다.

"왜?"

준서와 재민은 동시에 대답했다.

"아, 아냐. 아무것도."

*　　*　　*

캠프파이어의 불길은 점점 거세져 갔다.

교실마다 책상과 의자가 가득하니 땔감 걱정은 없을 것이었다. 언제부터인지 캠프파이어 옆에는 체육대회 때 사용하는 대형 천막이 세워져 있었다. 대형 천막은 하나의 왕궁이었다. 스스로 학교의 지배자가 된 마낙길은 왕처럼 거만한 자세로 천막 안 의자에 걸터앉아 있었다. 원래 그런 것인지 아니면 정신착란 때문에 그런 것인지 마낙길의 퀭한 눈 밑에는 다크 서클이 짙었다.

그의 광기는 극에 달한 듯 보였다.

과학실에서 가져온 뼈로 목걸이를 만들어 두르고, 자신의 왕좌(?) 옆에는 역시 과학실에서 가져온 올빼미, 족제비 등 각종 동물의 박제를 진열해 두었다. 놈의 똘마니들은 조잡한 장식물로 목걸이를 하고 있었다. 그리고 여자 애들과 학생 신분으로는 할 수 없는 과한 스킨십도 했다.

"유후!"

"호호호."

마낙길이 정강이뼈로 만든 지휘봉으로 성구를 가리켰다.

"화형식을 시작할 것이다. 제물을 끌고 와라."

"예. 왕이시어."

종철이와 패거리들이 성구를 철봉에서 끌어내렸다.

미진이 울먹이며 성구를 불렀다.

"성구야. 어떡해."

"난 괜찮아. 울지 마."

종철이가 그런 미진이를 보며 이죽거렸다.

"걱정 마. 너도 곧 네 남자 친구처럼 불구덩이에 처넣어줄게."

성구가 발악적으로 외쳤다.

"미진이는 놔둬. 이 나쁜 새끼야!"

종철이가 재미있다는 듯 낄낄거렸다.

"지금 나한테 욕했냐? 역시 사랑의 힘은 위대해. 말도 안 되는 용기를 주거든. 그 마음 굳게 먹어라. 혹시 아냐? 불도 안 뜨거울지? 낄낄낄."

"닥쳐! 이 새끼야."

"먼저 들어가. 네 친구들도 잡아서 곧 보내줄게."

"미친놈."

성구는 밧줄에 묶인 채 캠프파이어 불가에 비스듬히 서서, 광기에 사로잡힌 아이들을 쳐다보았다. 낯선 공간의 생존자임을 증명하려는 듯, 아이들은 얼굴에 원초적인 붉은색을 칠했다. 남자 아이들은 교복 상의까지 벗고 몸까지 붉은 칠을 했으며 여자 아이들은 얼굴에만 붉은 칠을 했다. 그리고 마치 제사 의식이라도 치르듯 괴성을 지르고 불 주변에서 춤을 추며 돌았다.

"우가가가!"

준서 일행이 도착한 것은 그때였다.

이 원시적인 몸짓들. 무엇이 애들을 이렇게 만든 것일까.

재민이 말했다.

"이건 제롬이 한 짓이 아냐. 물론 상황은 놈이 만들었지만. 애들이 이러는 건 인간이기 때문이야. 원초적 본능이지. 적을 규정하고 적과의 싸움에서 우리 편을 만들고, 그 과정에서 자기의 존재를 확인하는 것 말이야."

"그래?"

"어. 내가 있던 세상의 사람들은 그렇게 자멸해갔지. 마치 작은 축소판을 보는 거 같아서 찝찝하네."

무섭다. 온몸에 소름이 돋는다.

재들의 기괴한 행동이 작은 축소판이라면 세상은 어떻게 변할까.

"……."

"일단 성구랑 미진이, 그리고 선생들 먼저 구할까? 생각은 나중에 하기로 하고."

"그래."

광란의 분위기에 휩쓸린 아이들을 진정시키는 건 간단했다. 애들이 사이비 교주처럼 추종하고 있는 마낙길만 제압하면 되는 것이다. 마낙길을 제압하는 것은 어린아이 손목을 비트는 것처럼 손쉬웠다.

재민이 왕 역할에 푹 빠져 있는 마낙길을 불렀다.

"어이, 왕!"

마낙길이 퀭한 눈으로 재민을 보았다.

"뭐하는 놈이냐."

"네 왕국을 뺏으러 온 옆 나라 드래곤?"

"우워워. 네놈의 머리 가죽을 벗겨주마."

왕국을 뺏으러 왔다는 말에 마낙길은 발끈하여 달려왔다. 재민은 달려오는 놈을 향해 슬그머니 주먹을 내밀었다.

퍽!

재민이는 주먹 한방으로 마낙길을 기절시켰다.

재민이 때렸다기보다 마낙길이 와서 맞은 느낌이 강했다. 왕이라는 상징적 인물이 제압당하자, 추종자인 아이들은 집단적 최면과 광기에서 깨어났다. 종철이와 놈의 똘마니들은 잽싸게 도망쳐 종적을 감췄다. 그래 봤자 학교 안이겠지만.

준서를 보자 성구가 투덜거렸다.

"야, 왜 이제 왔냐? 나 바비큐 될 뻔했잖아. 우리 미진이도 고생시키고."

준서가 눈을 크게 떴다.

"우리 미진이? 언제부터?"

"그렇게 됐어."

성구가 미진이를 챙겼다.

"무서웠지?"

"응. 그렇지만 네가 있어서 괜찮았어."

준서와 신우는 둘의 닭살 돋는 행동을 멍하니 지켜보았다. 선생들의 통제 하에 학교는 안정을 되찾아갔다. 3학년 학생회장 민경태가 다시 자경단의 리더가 되었고, 아이들은 일사불란하게 움직였다.

"좀 정리가 된 거 같은데? 이제 방법을 찾아보자고."

재민의 말에 막 대답하려던 차였다. 신우가 놀란 눈으로 자기 핸드폰을 가리켰다.

"준서야. 날짜를 좀 봐."

핸드폰의 날짜를 확인한 준서 역시 놀랄 수밖에 없었다. 2033년이었기 때문이었다. 이런, 젠장. 아까는 2023년이었는데, 시간이 이렇게 빨리 흐른 거야? 그것도 10년이나. 준서는 강신철에게 전화를 걸어보았다. 다행히 연결이 되었다.

"지금 여기는 2033년이에요."

[뭐?]

* * *

2033년이라니. 황당해서 다리가 확 풀렸다.

강신철은 등나무 벤치에 앉아 골똘히 생각에 잠겼다. 서로 같은 공간에 있지만 시간대가 달라 만날 수 없는 상황이 바로 이런 걸 두고 하는 말인가. 등나무 뒤에서 건장한 체격의 남자가 불쑥 나타났다. 아케론이었다.

"당신이 강 팀장?"

강신철은 아케론을 한눈에 알아보았다.

"미래에서 온 양반이쇼? 나랑 통화한."

"그렇소."

"반갑군요."

둘은 악수로 인사를 나누었다. 간단하게 첫인사를 나눈 후, 강신철이 말했다.

"방금 준서와 통화했는데, 지금 2033년에 있다는 군요."

"음. 시간이 빨리 흐르도록 왜곡시켰군."

"무슨 말씀이죠? 준서 쪽 시간만 빨리 흐르도록 만들었다는 말인가요? 그렇다면 미래 인류의 짓인 겁니까?"

"그렇소. 우선 준서의 상황부터 체크해봅시다."

아케론은 팔찌를 조작하여 홀로그램을 띄웠다. 눈앞에 펼쳐진 홀로그램에 강신철은 액션 피규어를 처음 본 아이처럼 신기해했다. 홀로그램에 뜬 학교의 모습은 필름처럼 천천히 변화했다. 홀로그램의 아래쪽에는 날짜가 카운트되고 있었다. 아케론이 움찔하더니 홀로그램을 정지시켰다.

어느 순간, 건물이 바뀌어 있었다. 북고(北高)가 있어야 할 자리에 천하 대학 캠퍼스가 자리하고 있었던 것이다.

날짜는 2033년이었다.

그러니까 지금으로부터 약 20년 후에는 여기가 대학교로 바뀐다는 말이었다.

아케론은 그 이유를 검색하여 찾았다.

-지식 in 답변. 서울 북고: 건물이 붕괴되어 학생 수백 명이 매몰되어 다치거나 사망. 끔찍한 사고로 고등학교는 없어지고 현재는 천하 대학교로 바뀜.

강신철이 놀란 표정으로 물었다.

"이게 2033년 현재입니까?"

"그렇소. 굉장히 위험한 상황이구려."

아케론은 당장 준서에게 전화를 걸었다.

[네.]

"지금 거기 몇 년도라고 했지?"

[2033년도요.]

"곧 학교 건물이 무너질 거다. 학생들을 빨리 밖으로 대피시켜라."

[알았어요.]

통화가 끝나자 강신철이 물었다.

"방법이 없습니까?"

"지금 준서의 학교는 전자파가 마치 비닐 랩처럼 둘러싼 형태요. 전자파를 발생시키는 시스템을 부서뜨려야 하는데 외부에선 깨기가 불가능하오. 그러나 내부에서는 손쉽게 깨지지."

"계란처럼 말이죠?"

"그렇소."

"그 시스템을 무엇으로 깨뜨리죠?"

"전자 폭탄."

전자 폭탄(EMP—Bomb)은 폭발 시 발생하는 강력한 극초단파로 전자 시스템만을 파괴하는 폭탄이었다.

"전자 시스템의 내부에서 극초단파를 발생시켜 전자 시스템을 파괴하고 전자파 랩을 제거한단 말이군요."

"그러하오. 준서한테 전달해야 하는데, 공간 좌표를 모르니 딱히 방법이 떠오르질 않는구려."

강신철이 담배 한 대를 물었다.

"시공간을 초월할 수 있는 어떤 물건을 찾으면 될 것 같습니다. 이를테면 사찰의 풍경(風磬) 같은 거죠. 그걸 보면 천 년 전의 향기와 소리를 그대로 간직하고 있지 않습니까. 그런 사물을 통해 전자 폭탄을 전달할 수 있지 않을까 싶은데요."

"음. 그럴듯하구려. 공간이었으면 더욱 좋겠군."

강신철은 아케론에게 부탁하여 서울 북고와 천하 대학 캠퍼스 화면을 동시에 띄우게 했다. 강신철은 두 장소를 비교하며 뭔가를 열심히 찾았다.

"찾았습니다."

"……?"

"보세요."

강신철이 가리킨 것은 건물의 구석에 홀로 서 있는 빨간 우체통이었다.

"2013년의 북고와 2033년의 천하 대학교, 양쪽 시간대에 동시에 남아 있는 유일한 물건이자 공간입니다."

"우체통을 통해 전자 폭탄을 배달한다? 꽤 낭만적이구려. 하여간 방법을 제대로 찾은 것 같소."

"그럼, 전자폭탄을 소환하리다."

"우리한테도 전자 폭탄은 있습니다."

강신철은 태스크포스 팀이 가져온 전자 폭탄을 우체통 속에 넣었다.

"자, 2033년까지 쭉 가다오."

* * *

준서는 강신철의 전화를 받았다.

[학생들 대피는 시켰냐?]

"예."

[내 말 잘 들어라. 학교 우체통 알지? 그 안에 전자 폭탄을 넣어 두

었다. 찾아서 터뜨리면 학교를 둘러싼 전자파 랩이 파괴될 거다.]

"그러면 정상으로 돌아오나요?"

[아케론이 그러더라.]

준서는 신우와 함께 우체통으로 갔다.

뚜껑을 열어보았으나 우체통 안은 텅 비어 있었다. 둘은 우체통 옆에 앉아 기다리기로 했다. 사실 요즘 우체통은 보기 힘들었다. 온종일 서 있어도 편지 한통 들어오지 않는 공허함에 빨간 우체통들은 점점 사라져갔다. 교정에 남아 있는 것도 실제로 집배원이 찾아와 편지를 가져가진 않았다. 용도는 과거를 기억하는 소품 정도.

신우가 우체통을 만지작거리며 말했다.

"다들 사라져 가는데 이건 용케 살아 있네."

"이건 장식이잖아. 없어지지 않지."

"영원히?"

"아마도 그러지 않을까?"

"그럼 이걸로 정하자."

준서가 궁금하다는 듯 물었다.

"뭘?"

"만남의 장소."

"무슨 말이야?"

"왜 있잖아. 전쟁 영화 같은 데서 보면 남자랑 여자가 헤어지게 되면 만날 장소를 미리 정해놓잖아. 우리의 만남의 장소는 여기라는 거지. 아, 한 군데는 불안하니까 한강둔치 추가. 거긴 정말 영원히 변치 않을 테니까. 오케이?"

"다 좋은데. 가정이 틀렸어. 우리가 왜 헤어져."

"세상이 폐허가 될 거라고 하니까 혹시 몰라서."

"절대 널 놓치지 않을 거야. 실제로 전쟁이 일어나 포탄이 머리 위에 떨어지더라도 네 손을 꼭 잡고 있을 거야."

"오, 머슴. 감동이야. 하지만 포탄이 머리 위에 떨어질 때는 손 좀 놔줄래? 한 사람이라도 살아야지. 굳이 같이 죽을 필요는 없잖아. 그렇지?"

"결정적인 순간에 날 버리는 거야?"

"응. 그러는 거야. 하하하."

농담을 던지고는 신우가 크게 웃었다. 준서도 덩달아 웃었다. 한참을 웃었더니 가슴과 어깨가 웃음의 여운 때문에 나른했다.

그때, 우체통 입구에서 한줄기 빛이 새어 나왔다. 빛은 햇살보다 더욱 밝은 색을 띠고 있었다. 10초 정도 지나자 빛은 거짓말처럼 사라졌다. 준서는 재빨리 우체통 뚜껑을 열어보았다. 안에는 게임기 같이 생긴 물건이 들어 있었다. 전자 폭탄이었다.

스팟!

엄청난 섬광이 번쩍였다. 준서와 신우는 저도 모르게 손으로 눈을 가렸다. 밤하늘엔 하얀 실로 짠 그물망 같은 것이 처져 있었다. 섬광은 그물망을 다 흩트려 놓았다. 타란툴라 성운은 누가 뒤에서 잡아당기듯 멀어져갔고, 하늘의 별자리들이 빠르게 제자리를 찾아 움직였다.

신우가 준서의 가슴에 얼굴을 묻었다.

"나, 어지러워."

post

*　　*　　*

모든 게 정상으로 돌아왔다.

소식을 들은 학부형들이 경사가 심한 학교 언덕을 뛰다시피 올라왔다. 때마침 학생들이 교문으로 나왔고, 학부형들은 자식들을 찾아 달려갔다. 방송국 차량과 카메라들도 보였다. 새까만 연기가 나고 있는 학교 건물을 배경으로 카메라맨이 앵글을 잡았다. 화장을 고치던 여기자가 앵글 중앙으로 섰다. 카메라맨이 큐 사인을 주자 여기자가 보도를 시작했다.

– 학생들의 불장난이 대형 참사로 이어졌습니다. 자율 학습 시간에 운동장에서 놀던 학생들이 장난삼아 캠프파이어 놀이를 한 것이 화근이 되었습니다. 이 화재로 김지연 양, 유미 양, 3학년 남학생 셋, 2학년 남학생 둘, 그리고 교사 세 명이 아까운 목숨을 잃었습니다.

재민이 어처구니없다는 듯 말했다.

"학교에 불이 난 거였어?"

준서가 대답했다.

"그냥 그렇게 처리되는 거지."

붕괴 사고가 화재 사고로 바뀌며 사건은 조작된 다큐멘터리처럼 퍼즐이 맞춰졌다. 우리는 마치 짠 것처럼 모두 입을 닫았다. 백날 떠들어봤자 헛수고라는 걸 직감적으로 알고 있기 때문이다. 한 가지 확실한 사실이 있다. 기억 망각 기법이 통하지 않는 숫자가 점점 늘어간다는 것이다.

오늘은 성구와 미진이다.

재민이 표현대로라면 둘은 표류자에 해당될 것이다.

그리고 오늘의 희생자들은 모두의 기억 속에서 사라져 가게 될 것이다. 우주의 미아가 된 3학년 남학생 셋, 지연, 유미, 학생주임, 체육 선생, 보건 선생 등은 학적 기록부에서 영원히 지워질 것이다. 더 시간이 흐르면 누구도 그들을 기억하지 못하겠지.

"잘 가라."

아무 일도 없었던 것처럼 재민은 돌아섰다. 경험자라 녀석은 감정적으로 유리하다.

"들어가."

막 사랑을 시작한 성구, 미진과도 헤어졌다. 담임 선생님은 깨어나 무엇을 기억할까. 또는 무엇을 기억하지 못할까.

잡다한 생각에 온몸이 납덩이처럼 무겁다.

유엔 빌리지 앞에 와서 신우가 기지개를 켰다.

"아웅. 피곤하고 졸리다."

"푹 쉬어."

"집에 들어가면 곧장 기절할 거 같아."

"그렇게 해."

"우리 내일 영화 볼까? 신세계 재미있다던데. 황정민, 간지작살이래."

신세계. 영화 제목이 현재의 상황과 절묘하게 맞아 떨어진다는 생각을 했다.

우리의 세상은 정말 신세계를 맞이할까?

"그래."

준서는 아무런 의심 없이 대답했다. 그때까지만 해도 영화를 볼 수 있으리라 생각했으니까.

Chapter 6
서울, 재난 지역으로 선포되다

늘 그랬듯, 경찰청은 아니라고 했다.

오늘도 별일 없을 거라고. 우리가 사는 세상은 안전하다고. 그렇게 말했다. 물론 그 발표도 일주일을 버티지 못했지만.

정말?

이라고 물은 건 감시국 팀장 강신철이었다.

감시국(監視局—IMS) 화상 회의실.

대통령을 위시한 정부 각료들이 접속을 한 가운데 강신철은 서울 지역의 살인, 강간, 강도, 절도, 폭력 등 5대 범죄 관련, 최근 5일차 자료를 입수, 지역별 현황을 분석하여 보고했다.

"25개 자치구 가운데 대표적인 주택 밀집지역 16곳을 선정하고 지역에 따라 강남권역(강남 · 서초 · 송파 · 강동), 강북권역(강북 · 성북 · 도봉 · 노원), 서북권역(마포 · 서대문 · 은평 · 강서), 서남권역(영등포 · 구로 · 금천 · 양천) 등 4개 권역으로 묶었습니다. 경찰청의 발표와는 달리 최근 5일간 범죄 발생 건수는 무려 28.6%나 급증하였습니다. 이는 심각한 수준으로 이대로 놔두면 서울은 보름 안에 걷잡을 수 없는 지경에 이를 것입니다."

서울의 범죄 시계는 급속도로 빨라지고 있는 것으로 분석됐다. 범죄 시계는 범죄가 얼마나 자주 발생하는지 알려주는 지표로, 범죄 건수를 시간으로 나눈 값이다.

그것이 3분 55초.

살인, 강간, 강도, 절도, 폭력 등 5대 범죄 1건이 발생하는 데 20분 30초가 걸렸지만, 지금은 3분 33초로 현저하게 당겨졌다. 특히 살인과 강간, 폭력 등 3대 범죄는 최근 며칠 동안 발생 속도가 눈에 띄게 빨라졌다.

"살인은 20시간 58분당 한 번꼴로 일어나던 것이 현재 4시간 28분당 한 번꼴로 발생하여 대략 16시간이나 줄었습니다. 강간은 2시간 39분에서 1시간 30분으로 당겨졌고. 폭력도 무려 7분 55초당 한 번꼴로 발생하고 있습니다."

숫자의 의미는 이렇다.

누군가는 4시간 28분에 한 명꼴로 죽고, 어떤 여자는 1시간 30분에 한 명꼴로 강간을 당하고, 또 누군가는 7분 55초에 한 명꼴로 폭력을 당하고 있다는 뜻인 것이다.

"범죄 시계가 점점 빨라지고 있습니다. 오늘 서울의 얘기입니다.

피해자가 내가 아니란 점을 그저 감사하게 생각해야 할 일일까요?"
경찰청장이 뻴소리를 했다.
"사태를 파악하고 있다고 말하고, 안전할 테니 동요하지 말라고 해야 하지 않나?"
강신철은 목소리 톤을 높였다.
"아직도 제 말을 못 알아들으셨군요. 그렇게 막으면 대재앙이 될 겁니다. 청장님께서 향후 사태에 대해 책임을 지실 겁니까?"
묵묵히 듣던 대통령이 입을 열었다.
"어떻게 하면 좋겠나. 자네 의견을 말해보게."
"당장 서울을 재난 지역으로 선포해야 합니다. 그리고 경찰병력을 투입 및 통제, 대피소를 설치, 진료소를 운영, 정신안정제인 알프로졸람을 무료로 배분 등의 후속 조치를 취해야 합니다."
대통령이 물었다.
"원인은 뭔가. 자네는 알고 있나?"
강신철이 대답했다.
"미래에서 발사하는 전자파 때문입니다."
경찰청장이 어처구니없다는 표정을 지었다.
"그게 말이 되는가?"
"사실입니다."
"그렇다고 치세. 전자파의 영향을 받으면 사람들이 어떻게 변한다는 거지?"
"사람들을 캡그라스(capgras syndrome) 증후군에 빠지게 만드는 것 같습니다. 처음에는 정신착란이라고 생각했으나 행동 성향을 보니 캡그라스 증후군에 가까웠습니다."

대통령이 강신철의 화면을 확대했다.

"캡그라스 증후군이 뭔가."

"뇌에 직접적인 손상, 혹은 시신경 회로에 손상을 입어 다른 사람의 얼굴을 인지하지 못하는 정신적 장애입니다. 이 증후군에 걸리면 망상적 착각에 빠져 타인에게 무차별적 공격을 가합니다. 거기에 집단 광기가 더해져 지금의 사태가 심각해진 것으로 추정하고 있습니다."

"자기가 피해를 볼까 봐 두려워 먼저 상대를 공격한다는 말인가."

"예. 쉽게 이해하자면 그렇습니다."

강신철은 속으로 뇌까렸다. 이건 재앙의 전조일 뿐이라고. 더 무서운 건 미래 인류가 침공을 해 올지도 모른다고 그는 밝히고 싶었다. 그러나 미친놈 취급을 당할 것은 자명한 사실. 강신철은 그쯤에서 말을 멈췄다. 그러자 대통령이 다시 물었다.

"해결책은?"

"전자파를 제거할 수 있는 주파수대역을 찾고 있습니다. 그것만 발견하면 일단 증후군이 확산되는 것을 막을 수 있을 겁니다. 치료는 약물로 가능합니다."

"알겠네. 심도 있게 논의해보세."

* * *

오전 10시를 알리는 알람이 울렸다.

신우랑 영화 보러 가기로 했기에 맞춰뒀던 것이다. 학교는 화재 사건 때문에 일주일간 휴교였다. 하지만 평소보다 세 시간을 더 잤는데도 몸이 피곤했다. 잠을 설친 탓이다. 준서는 침대에 누운 채 어제 일을 떠올렸다.

밤하늘에 닿을 듯 솟구치던 불길, 불가를 돌며 춤을 추던 아이들의 모습이 아른거렸다. 아이들은 마치 귀신 망상에 빠진 것처럼 광란에 젖어 있었다. 멸종된 인디언이나 불을 섬기는 고대의 종족처럼…….

부서진 제롬이 웅얼거린 말도 귓가에 남아 있었다.

—……제롬은 많다. 아주 많다.

문득, 불안감이 엄습했다.

이런 증상이 바이러스처럼 퍼져나가면 어떻게 되는 거지? 그 결과를 알고 있는 사람은 재민밖에 없었다.

재민이에게 문자를 보내 물었다.

[앞으로 세상은 어떻게 변하는 거야?]

재민이는 대답 대신 음악 파일을 전송했다. 더 도어스의 'The End' 라는 곡이었다.

[가사 찾아봐.]

[뭐야. 달랑. 짜증 나게.]

[헐. 왜 나한테 짜증을. 네가 알고 싶은 게 진실이냐? 그렇다면 말해주마. 1994년은 서로가 서로를 죽이다가 끝장났지. 그게 인류 멸종의 기록이다. 2013년은 다를까? 자못 궁금함.]

뉴스를 틀었다.

이에 대해 세상이 알고 있을까 궁금해서였다.

평상시와 다른 점은 없었다. 뉴스 앵커가 말미에 폭력 사태에 대해 잠깐 언급을 했지만, 멍청하게 조직 폭력배의 구역 다툼으로 간주해 버렸다. 반면 트위터로 올라오는 글들은 난리북새통이었다. 일반 시민들이 핸드폰으로 촬영한 동영상이 하나둘씩 올라왔다.

[트위터 실시간 글]

—세윤@ monkey

여기는 신촌. 미친놈들이 택시기사 한 명을 집단폭행함. 죽은 거 같음. http://t.co//f4gino

—종신@ chok bird

강남역인데 폭도들이 도로를 점거하고 차량통행을 방해하고 있다고 함. http://t.co//5by3kzo

etc.

그중 하나를 열어보았다. 상황이 다급함을 말해주듯 동영상 화면이 많이 흔들렸다. 아마도 핸드폰을 든 사람이 달리면서 찍었을 것이었다.

화면 속의 영상은 끔찍했다.

광기에 찬 사람들이 택시를 에워싸고 쇠파이프 등으로 차 전면 유리를 부쉈다. 택시 기사는 겁에 질린 채 앉아 있다가 개처럼 끌려나왔다. 폭도들은 택시 기사를 쇠파이프로 때리기 시작했다. 처음에는 격렬하게 저항하던 택시 기사의 움직임이 조금씩 둔해졌다. 택시 기사는 이내 쭉 뻗어버렸고, 결국 도로에 쓰러져 움직이지 않았다.

택시 기사의 얼굴은 처참했다.

깨진 머리통에서는 피분수가 벌컥거렸고, 양쪽 눈두덩은 알아보지 못할 정도로 부어올랐으며, 앞니는 다 부러져 잇몸만 남아 있었다.

화면 속의 누군가가 '도망쳐!' 라고 외쳤다.

그때부터 화면이 크게 흔들리기 시작했다.

트위터에는 동영상을 올린 사람의 간절한 부탁이 적혀 있었다.

-여러분, 가급적 많이 퍼트려주세요.

뉴스 앵커는 지금의 현실에 대해 한마디도 언급하지 않았다. 은폐의 의혹이 짙었다. 은폐를 하고자 하는 만큼 위험도 높지 않을까? 그런 생각이 들자 빨리 행동에 옮겨야겠다는 결심을 했다.

준서는 거실로 나갔다.

아빠는 경제 TV를 시청하고 있었다. 증권사 애널리스트라 비교적 출퇴근이 자유로운 편.

준서는 다짜고짜 말했다.

"아빠. 오늘은 출근하지 않는 게 좋겠어."

"왜?"

"치명적인 바이러스가 퍼졌대."

세상은 하루하루 폐허가 될 것이란 말까지는 못 했다. 설명을 하려면 너무도 긴 얘기가 될 테니까.

"무슨 뚱딴지 같은 소리냐? 뉴스에서는 안 나오던데."

아침을 준비하던 누나도 물었다.

"정말이야?"

준서는 아빠와 누나에게 시민이 올린 동영상을 보여주었다. 아빠와 누나의 표정이 얼음장처럼 굳었다.

"연출한 거 아니겠지?"

"이런 걸 일부러 연출하는 사람이 어디 있어."

"어쩐지 요 며칠 전쟁, 전염병 테마주가 요동을 치더라니. 사람들이 폭도로 변하는 게 이 바이러스 때문이란 거냐?"

"그렇긴 한데, 생물학적 바이러스는 아니야. 전자파가 뇌에 영향을 끼치는 바이러스야."

"오, 좋아. 관련주에 몰빵하면 돈 좀 벌겠다. 출근하자마자 사야지."

"아빠. 생존이 먼저야."

아빠가 그제야 진지하게 받아들였다.

"그 정도로 심각해?"

"어."

아빠가 잠시 생각에 잠겼다.

항상 느긋하고 게으른 아빠지만, 한번 판단을 하고 결단을 내리면 즉시 행동에 옮기는 스타일이었다. 장교로 칠 년간 군복무를 한 경험이 몸에 밴 탓이었다.

"바이러스가 퍼지면 어떻게 되는 거냐."

"아수라장이 되겠지."

"정부에서 분명히 알 텐데. 발표를 안 하는 게 더욱 수상하군."

"나도 그렇게 생각해."

"좋다. 움직이자."

*　　*　　*

우리는 대형 마트로 갔다.

아직은 사태의 심각성이 많이 노출되지 않은 모양이었다. 대형 마트는 평상시와 다를 바 없었다. 그리 급할 것도 없었는데 아빠는 좀 서두르는 눈치였다. 사태가 악화되기 전에 필요한 물건을 사두려는 의도가 눈에 보였다.

햇반, 생수, 반찬, 과일 등…….

필요한 식료품은 통조림 코너로 가서 모두 캔으로 샀다. 유통기한이 가장 길 테니까. 서너 번에 걸쳐 차로 옮겼고, 우리는 반년 치 식량을 확보했다. 반년 안에 이 재앙이 끝날지는 모르나 우리가 확보할 수 있는 최대 물량이었다.

우리는 식량을 SUV 차량에 가득 실었다.

누나가 말했다.

"집으로 가도 괜찮을까요?"

누나가 아파트는 사람이 많이 사니 아무래도 위험할 것이란 의견을 냈다. 누나는 가평에 있는 펜션(누나의 부모님이 누나에게 물려준 것이다)에 가 있는 게 어떻겠냐고 했다.

좋은 생각이었다.

"일단 상황을 더 지켜보자. 정 안 되면 당신 펜션으로 가도록 하자고."

그러나 아빠는 펜션은 최후의 보루로 삼겠다고 했다. 사태의 추이를 보면서 결정할 생각인 것이다.

"네."

주차장을 빠져 나오는데 차량이 대거 몰리기 시작했다.

빵빵!

입구가 번잡해지자 급한 마음에 사람들은 클랙슨을 눌러댔다. 정문으로도 사람들이 잔뜩 몰려들었다. SNS에 퍼진 동영상이라도 본 걸까. 그들의 눈빛에는 불안과 초조가 가득했다. 어찌 됐건, 우리의 세상은 안전하다는 정부의 발표는 믿지 않는 게 분명했다.

"아참. 그걸 깜박했네."

아빠가 머리를 긁적이더니 갑자기 차에서 내렸다. 준서는 고개를 내밀어 물었다.

"왜?"

"랜턴하고 필요한 공구 좀 사올 테니. 차에서 기다려."

몰려드는 사람들로 봐서 별로 좋은 판단이 아니란 생각이 들었다.

"아빠, 그냥 가."

"인마, 야전에서 그게 얼마나 중요한 건데. 군대를 안 갔다 와서 넌 몰라."

"내가 따라갈게."

"누나는 누가 지켜?"

"……."

시간이 좀처럼 흘러가지 않는다.

차량 시계를 보자 이제 10분이 지났을 뿐이다.

게임 한 판만 해도 30분이 훌쩍 지나가는데, 시간의 흐름이 갑자기 느려진 것은 아빠가 돌아오지 않아서다. 손목에 찬 누나의 시계에서 초침이 들렸다. 뭔가 잘못되지 않았나 싶을 정도로 초침은 천천히 째깍거렸다.

조바심 때문이었다.

더해가는 조바심에 준서는 벌떡 일어나 문을 열고 나갔다.

"아빠한테 다녀올게요."

"그래. 다녀와."

"누나, 차 문 절대 열지 말고, 상황이 위험하면 먼저 출발해."

"싫어. 아빠랑 너를 두고 어떻게 가."

"누나, 우리는 어떻게 해서든 돌아갈 수 있어. 걱정하지 말고 집에서 봐."

"아빠 꼭 데려와."

"걱정 마요."

공구 매장은 지하 1층이었다.

상황은 이미 끔찍했다.

사람들은 벌써 폭도로 변해 물건을 강탈하고 있었다. 계산의 의미는 없었다. 밀려드는 사람들 때문에 계산원들은 이미 도망쳐버린 후였다. 다행히 사람들이 몰리는 식료품 코너는 지하 2층이었다. 지하

2층에서 사람들이 개떼처럼 올라왔다. 사람들의 손에는 라면, 생수, 밀가루, 먹는 거라면 뭐든 들려 있었다. 그나마 뭐라도 건진 사람들은 다행이었다. 나중에 와서 빈손인 사람들은 가진 사람의 것을 뺏으려 했다.

중년 여자 둘이 라면 한 팩을 두고 싸우다가 봉지가 뜯어졌다. 바닥에 흩어진 라면. 그것을 주우려고 사람들이 달려들었다. 중년 여자는 라면을 뺏기지 않으려고 움켜쥐었다.

누군가가 스패너를 휘둘렀다.

퍽 소리가 나며 중년 여자의 머리에선 핏물이 솟구쳤다. 사람들은 옆으로 쓰러지는 중년 여자를 밟고 라면을 향해 몸을 날렸다.

"내 거야. 놔!"

"이년아. 네 거가 어디 있어? 줍는 사람이 임자지."

마트에 들어올 때하고는 상황이 전혀 달랐다. 정말 순식간에 아수라장이 되어갔다.

여기는 또 다른 지옥이었다.

* * *

준서는 계산대 바를 뛰어넘어 공구 코너로 달려갔다. 각종 연장을 챙기고 있는 아빠의 모습이 보였다.

준서는 큰소리로 외쳤다.

"아빠, 뭐 해. 저기 안 보여?"

아빠는 그제야 상황을 파악했다.

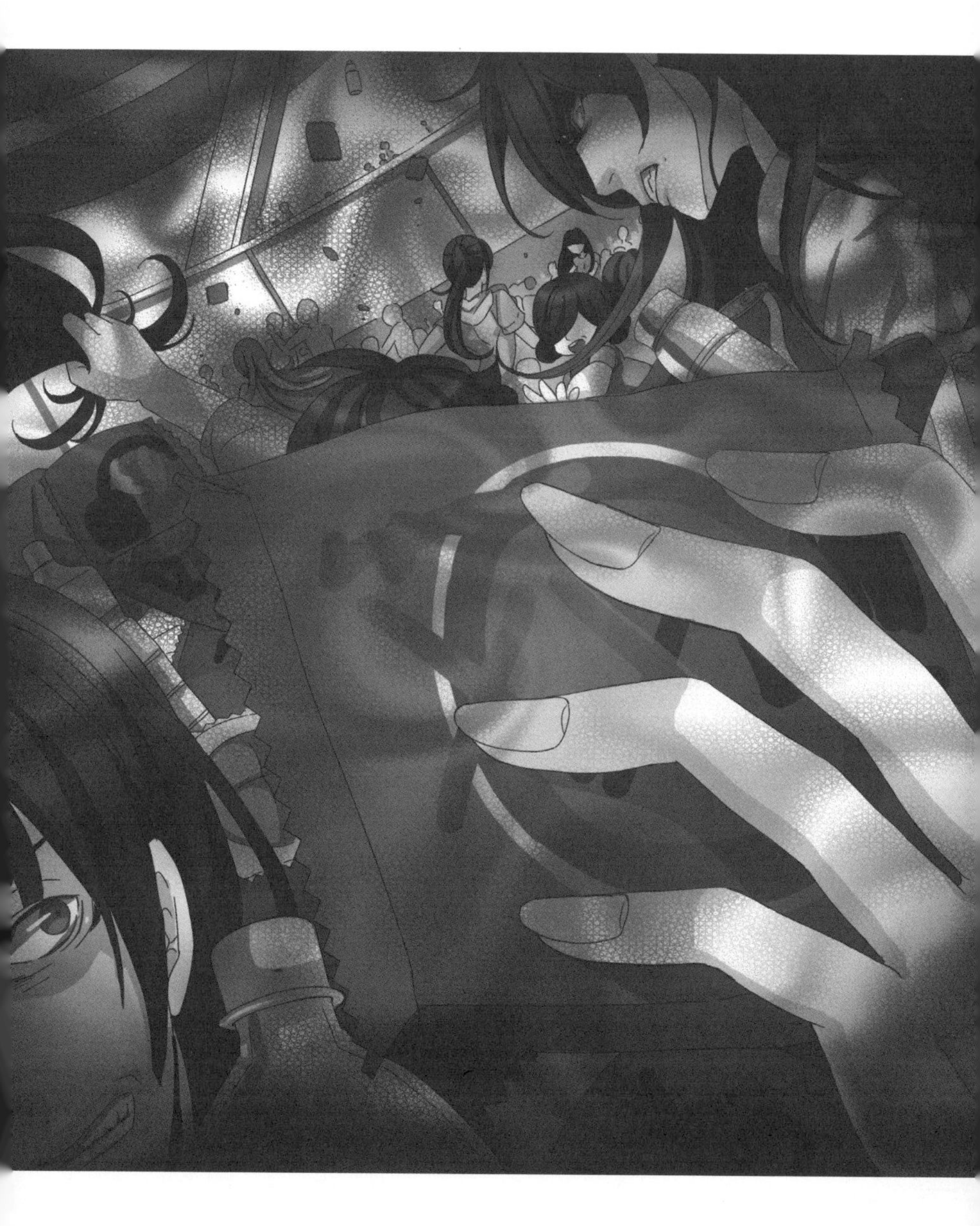

"언제 이렇게 난리가 났냐."

"빨리 나가야 해. 더 이상 지체하면 여기에 갇힌다고."

"누나는 어쩌고 왔어?"

"우리가 늦으면 먼저 집에 가 있으라고 했어."

"그런다고 먼저 갈 사람이냐?"

엘리베이터와 에스컬레이터는 사람들이 꽉 차 아비규환을 이루고 있었다. 출구를 못 찾은 사람들이 비상구를 향해 달려가고 있었다. 그 때, 계산원으로 보이는 여자가 가전 코너 안쪽 문으로 들어가는 게 보였다.

"아빠, 직원 출입구."

"오케이."

1층까지는 한 개 층이니 다행히 아닐 수 없었다.

직원 출입구를 빠져나오니 사람들에게 둘러싸인 우리 차가 보였다. 사람들은 차에 실린 물건을 노리고 차체를 흔들어댔다. 아빠의 말처럼 누나는 안에서 문을 잠근 채 우직하게 기다리고 있었다.

아빠가 차를 둘러싼 사람들에게 외쳤다.

"다들 비켜. 남의 차량을 파손하는 건 범죄인 거 몰라?"

범죄? 씨알도 안 먹히는 소리였다.

아니나 다를까 흥분한 사람들이 오히려 아빠를 협박했다.

"우린 차 안에 있는 물건이 필요해. 내놔."

이 사람들은 정상인이었다.

아직 캡그라스 증후군에 빠진 게 아니었다. 그럼에도 불구하고 이렇게 폭력적인 성향을 보이는 건 본성 때문이었다. 그렇다. 인간은 누구나 폭력적 성향을 가지고 있다. 이건 전자파와 무관했다.

화가 났다. 꼭 이래야만 하나?

화가 난 준서는 냉담하게 말했다.

"그럴 순 없지. 돈 주고 샀는데. 물건이 필요하면 니들도 가서 돈 주고 사. 우리처럼."

"거긴 물건이 남아 있질 않아."

"그럼 다른 마트로 가 보든가."

"다른 마트라고 물건이 있겠어?"

"그래서 어쩌라고."

"……."

준서는 사람들을 강렬한 눈빛으로 쏘아보며 경고했다.

"내가 이렇게 만들었어? 왜 나한테 따져. 따지려면 잘난 니들의 정부한테 따지든가. 아님, 말든가. 누나를 위협한 건 용서하겠어. 그러니 차에서 물러서. 그리고 잘 들어. 지금부터 내 앞을 막는 놈은 뒈진다."

준서가 워낙 드세게 나오자 사람들이 주춤거렸다.

그때, 누군가가 사람들을 헤치고 나왔다.

"학생 놈의 새끼가 입이 거칠군."

청재킷을 입은 거대한 덩치의 남자였다.

"달라면 주지. 무슨 말이 그렇게 많아. 이 꼬맹이 새끼야!"

이럴 때엔 말이 필요치 않았다. 힘을 써서 제압하려고 할 때였다.

퍽!

아빠의 주먹이 덩치 큰 남자의 턱에 가서 꽂혔다. 남자는 고목이 쓰러지듯 푹 고꾸라지고 말았다.

헐. 합쳐서 종합무술 100단이라고 하더니 뻥이 아니었어?

"개자식이. 남의 아들한테 말을 함부로 하고 있어."

그거 한 방에 사람들이 차에서 떨어졌다.

운전석 쪽으로 가서 문을 열어주려 했다. 잠겨 있었다. 준서는 창문을 똑똑 두들겼다. 누나가 웃으면서 안에서 문을 열어주었다.

"자, 출발하자."

와장창!

누군가 야구 방망이로 차의 앞 유리창을 때렸다. 아빠가 덤덤하게 말했다.

"생수통 하나 던져줘."

준서는 아빠가 시키는 대로 생수통 하나를 창밖으로 던졌다. 생수통을 확보하기 위해 사람들이 개떼처럼 몰려들었다. 그들은 서로에게 폭력을 행사했다. 그야말로 지옥이 따로 없었다.

"빌어먹을. 이게 무슨 상황이냐."

아빠는 그 틈에 주차장 입구를 빠져나왔다. 끼이익. 아빠가 집으로 향하던 차를 급하게 돌렸다.

"신우네 집으로 가자. 전화해 봐라."

"신우 데려오게?"

"아니, 신우네 집에 있게."

"왜?"

"가평 펜션으로 가려면 강변북로를 타야 하잖아. 만약, 그럴 일이…… 우리가 원치 않는 일이 생기면, 신우네 집에서 출발하는 것이 빠르다. 5분이면 탈 수 있으니까. 우리 집에서는 20분은 걸릴 거야. 위기 상황에서는 그 몇 분이 모든 걸 결정해."

집은 포기한다는 뜻이다.

아빠 또한 이 사태를 심각하게 본다는 의미였다. 아빠의 판단은 빠르고 행동은 민첩했다. 평소의 이미지와는 전혀 다르게.

"알았어."

준서는 신우에게 전화를 했다.

[왜 이제 전화했어? 나 영화 예매했어.]

"밖에 지금 난리야. 사람들이 다 좀비가 된 거 같아. 집으로 갈 테니까 꼼짝하지 말고 기다려."

[알았어.]

아빠는 신우네 집 주차장으로 차를 몰았다. 경호원들의 제지를 막기 위해 신우가 나와 기다리고 있었다.

"안녕하세요."

"하하. 신우. 잘 있었니?"

"네. 그런데 이게 다 뭐예요?"

"비상식량."

"왜?"

"사태가 심각해졌어. 봐서 서울을 빠져 나가려고. 가평에 누나 펜션이 있거든."

"음. 굉장히 많은데 우리 차에 싣는 게 어때요?"

"그래?"

신우가 가리킨 곳에는 RV 차량인 벤츠 스프린터가 서 있었다.

벤츠 스프린터는 RV 차량 중에서도 차체가 큰 편인데, 신우네 차는 캠핑용으로 개조되어 최고의 스펙을 지니고 있었다. 침대, 화장실, 샤워실, 게다가 하이브리드라 연료 걱정도 없었다. 기름 냄새만 맡고 가는 놈이라니까. 가져온 식량을 차 뒤쪽에 가득 실었다. 무려 반년 치 식량이 실리고도 뒤 공간이 남았다. 만에 하나 위기의 순간이 오면, 이 차에 올라타 강변북로로 진입하면 될 것이다.

서울 탈출.

물론 그런 날이 오지 않길 바라지만.

*　　*　　*

어느새 저녁이 되었다.

불안한 도시에 어둠이 짙게 깔렸다.

간단하게 식사를 한 후 다들 휴식을 취했다. 아빠와 누나는 거실에서 뉴스를 시청했고, 준서는 신우의 방에서 인터넷 검색을 했다. 상황이 더 나빠진 것 같았다. 트위터에는 더욱 많은 제보가 끊임없이 올라왔다. 누가 맞았다는 등, 누가 죽었다는 등, 모두 무차별적 폭력에 관한 내용이었다. 지—잉. 주머니 속에서 핸드폰이 길게 떨었다. 강신철이었다. 그러지 않아도 궁금하던 차였다.

준서는 베란다로 나가 전화를 받았다.

"사태가 심각해요?"

강신철의 목소리가 가라앉아 있었다.

[심각해. 살인, 방화, 강간, 폭력이 약 3분에 1건 꼴로 발생하고.

바이러스에 걸린 자들은 처음에는 분노 조절을 못하다가 1시간 후에 정신착란을 일으키고, 2시간이 지나면 캡그라스 증후군에 걸린 행동을 보이고 있어. 심각해도 아주 많이 심각한 거지.]

"방법은 없어요?"

[전자 폭탄으로 전자파를 제거할 방법을 생각 중이다. 하지만 범위가 너무 넓어 시간이 좀 걸릴 듯하다.]

"그렇군요."

[네 도움이 절실하다. 감시국으로 들어와라.]

"가족은 어떻게 하고요."

강신철이 목소리 톤을 높였다.

[너 빼고, 미래 인류에 대해 아는 놈이 누가 있다고.]

"일단 안전한 곳으로 대피시키고 나서 갈게요."

[그렇다면 지금 빠져나가라. 곧 서울이 재난 지역으로 선포될 거다.]

"알았어요."

[다시 연락해라.]

준서는 신우의 가방을 들고 일어섰다.

"필요한 옷가지 좀 챙겨. 지금 떠나야 해."

"그래?"

준서는 아래층으로 내려가 뉴스를 보고 있는 아빠에게 말했다.

"아빠, 곧 서울이 재난 지역으로 선포될 거래."

"흠. 더 늦기 전에 빠져나가야 하나?"

"그래야 할 것 같아."

*　　*　　*

어렴풋이 밤이 새기 시작했다.

차의 속도가 올라가며 새벽 풍경이 빠르게 흘렀다.

짙은 어둠 속에 가라앉아 있던 풍경들이 수면 위로 조금씩 떠올랐다. 그리고 어느 틈엔가 주변의 윤곽이 또렷하게 보였다.

이른 새벽의 강변북로는 한적했다.

조용한 아침 안개 속을 벤츠 스프린터가 빠르게 달려갔다. 천호대교를 넘어 미사리를 지나 경춘 고속도로를 막 올라탈 때쯤, 동쪽 하늘이 붉게 물들었다.

보고 있진 않았으나 다들 틀어놓은 TV에 귀를 기울이고 있었다.

갑자기 정규 방송이 중단되며 정부가 긴급 담화문을 발표한다고 뉴스 앵커가 소식을 전했다.

대변인이 다소 경직된 얼굴로 TV 화면에 나타났다.

그는 준비한 원고를 꺼내 읽었다.

"국민 여러분, 이처럼 유감스러운 소식을 전하게 되어 진심으로 사과드립니다. 현재 WHO(세계보건기구)에 보고되지 않은, 인간의 폭력성을 발현시키는 신종 바이러스가 창궐하여 대규모 유혈사태가 벌어지고 있습니다. 이 바이러스는 생물학적 바이러스가 아닌 것으로 보고되었으며, 감염 경로는 전자파로 추정, 감염이 되면 수 시간의 잠복기를 걸쳐 정신착란을 일으켜 사람을 해치게 됩니다. 치료 방법은 없으나 정신 안정제를 복용하면 분노 조절이 어느 정도 가능해진다고 합니다. 당국에서는 의사의 처방 없이 약국에서 살 수 있도록 조치했으며 진료소에 가면 무료로 나눠드리고 있습니다. 무조건 핸드폰 사용을 중지해주십시오. 그리고 이 시간부로 서울 전역을 재난 지역으로 선포합니다."

담화 발표가 끝나자 기자들의 질문이 폭풍처럼 이어졌다.

"어젯밤 신촌에서 경찰이 시민들을 향해 총을 쐈다는 말이 있습니다. 발포 명령은 내리신 겁니까?"

"군 병력을 투입할 거라는 소문에 대해 확인 부탁드립니다. 정말 서울에 군 병력을 투입할 계획입니까?"

방송국 리포터의 브리핑이 이어졌고, 그 뒤 화면에는 의사협회와 통신사 직원들로 보이는 사람들이 격렬하게 시위를 했다.

"의사 처방 없이 무슨 약이냐! 정부는 발표를 당장 철회하라!"

"핸드폰 사용을 금지시키는 것은 인간 소통의 자유를 박탈하는 것이며 통신 회사에 대한 명백한 탄압이다. 정부는 발표를 철회하고 지원금 정책을 늘려라!"

아빠가 운전석에 있는 리모컨으로 TV를 껐다.

잠시 무거운 정적이 흘렀다.

어제까지만 해도 그제와 평범한 일상이 반복되었던 서울이었다.

그런 서울이 갑자기 재난 지역으로 선포되었다. 그리고 시민들은 지옥의 구렁텅이로 내몰렸다.

누구 하나 서울이 지옥으로 변한 현실에 대해 '이래서 이렇게 되었노라고' 자신 있게 말할 수 있는 사람은 아무도 없었다. 누나는 몇 번이고 물어보려고 망설이다 아빠 눈치만 보았다. 아빠는 운전대를 잡

지 않은 손으로 누나의 손을 잡아주었다.

신우가 머리를 어깨에 기댔다.

준서는 신우의 머리카락을 매만지며 창밖을 보았다.

새벽하늘의 색은 정말 묘했다.

몇 겹으로 층을 이룬 구름이 동쪽 하늘을 가려 멀리 지평선은 붉디 붉었다.

'빌어먹을, 연맹 놈들.'

Chapter 7
광란의 45번 국도

서기 2525년.

초고층 빌딩이 주황색 구름 사이로 솟아올라 스카이라인을 형성하는 천공 도시. 그 위로 떠오른 태양은 짙은 스모그와 오염된 공기 때문에 흐릿했다.

조도(照度—단위면적이 단위시간에 받는 빛의 양)를 맞추기 위해 세워진 에너지 탑에서는 인공 햇볕을 강하게 쏟아냈다. 그 탓에 하늘에는 마치 수십 개의 태양이 떠 있는 것처럼 보였다.

천공 도시의 정중앙.

컨퍼런스타워 180층 연맹정보부.

정보부장 체호프는 한 인물의 신상 파일을 뚫어지게 보고 있었다.

이름: 카잔스키

* 소속: 레닌그라드 보안과장

* 성격: 냉정하고 난폭함.

* 좌천사유: 성격상의 이유로 진급에서 제외됨.

* 사회활동: 러시아 네오나치(neo-nazis) 열혈회원.

사진으로만 봐도 날카롭고 신경질적인 인물임을 짐작할 수 있었다. 카잔스키가 쓰고 있는 금테 안경은 그런 느낌을 더해주었다.

체호프는 낮게 뇌까렸다.

"오리엔탈 730에 R2를 투입한 건 미친 짓이지만, 진급 제외 사유는 마음에 썩 드는군. 이런 놈이 대학살에는 적격이지."

의자에 깊숙이 몸을 기대며 체호프는 한숨을 내쉬었다.

'후우.'

야심차게 준비했던 최상위 레벨 안드로이드 제롬이 고철 덩어리가 되자 내심 긴장이 되었기 때문이었다.

'준서라고 했던가? 생각보다 강한 놈이군. 그나저나 자칫하면 보안사령관 코번, 그놈에게 주도권을 뺏기겠어. 그럴 수는 없지.'

삐이. 비서실 스피커폰에 초록불이 들어왔다. 이어 비서실장의 목소리가 흘러나왔다.

"부장님, 카잔스키가 왔습니다. 소지한 무기는 없습니다."

"들여보내."

육중한 8각형 문이 좌우로 열렸다.

카잔스키가 들어오더니 팔을 쭉 뻗으며 네오나치(neo nazi)식 인사를 했다. 체호프는 앞에 의자를 손가락으로 가리켰다. 카잔스키가 군기가 바싹 든 자세로 의자에 앉았다.

체호프가 신상 파일을 뒤적이며 말했다.

"자네 이력이 재미있더군. 레닌그라드에서 썩기엔 아깝다고 할까? 아무튼 난 그런 느낌을 받았네."

"좋게 봐주셔서 감사합니다."

"자네한테 맡기고 싶은 일이 있는데 말이야."

체호프가 목소리를 살짝 낮추자, 카잔스키는 반대로 목청을 돋웠다.

"무엇이든 명령만 내려주십시오. 반군과 싸우는 최전선이라고 해도 당장 달려가겠습니다."

"2013년 어떤가."

"2013년이면 꽤 멀군요."

"그렇지. 하지만 다녀오면 출세는 보장한다."

"기꺼이 다녀오겠습니다. 저의 임무만 말씀해주십시오. 2013년에 가서 무엇을 하는 겁니까."

체호프는 책상 서랍에서 사진 한 장을 꺼내 카잔스키 앞으로 밀었다. 준서의 사진이었다.

"세인트존의 혈족으로 추정되는 놈인데, 인과율 조절 계획을 망치고 있다. 네 임무는 이놈을 죽이고 돌아오는 것이다. 할 수 있겠나?"

"물론입니다."

"좋아."

체호프가 손가락을 탁 튕기자 뒤편으로 홀로그램이 커튼처럼 내려왔다. 21세기 서울의 지도였고, 지도의 여러 부분에 빨간 점이 찍혀 있었다.

"범죄 지도입니까?"

"맞아. 빨간 점이 캡그라스 증후군에 감염된 인간들이 폭동을 일으킨 지역이지."

"일단 혼란을 일으키고 목표를 색출, 제거하는 방법이군요."

체호프는 고개를 끄덕였다.

"역시 보안과 출신답군."

"별말씀을요."

"곧 감염자들이 데모노마니아 증상에 빠져 마녀사냥을 시작할 거야. 우리의 목표도 마녀사냥의 제물이 될 것이고."

"수백만이 놈만 쫓는 꼴은 장관이겠습니다."

말을 하며 카잔스키가 입술을 꿈틀거렸다. 마치 터져 나오는 웃음을 참으려는 모양새였다.

체호프는 생각했다.

'살인을 하는 상상만으로 즐거워하고 있잖아. 미쳐도 제대로 미친놈이군.'

그러나 속내와는 다르게 말했다.

"화형식을 성대하게 치러줘."

"예."

체호프는 비서실장을 불렀다.

"인사과에 말해. 카잔스키를 정보 2과 팀장으로 발령하라고. 그리고 인과율조정위원회에 공문 내려줘. 2013년도로 보내야 하니까. 그리고 전투병과에 말해서 TK—10 삼백 기를 지원해주도록 해."

비서실장이 가볍게 허리를 숙였다.

"알겠습니다."

천공 도시 남부여객터미널 승강장 7센터.

터미널 3층.

카잔스키는 의자에 앉아 창밖을 내다보았다. 창밖에는 승강장 통로와 도킹이 되어 있는 셔틀쉽이 보였다. 에너지 탑에서 발산되는 인공 햇볕을 받아 셔틀쉽의 강화 플라스틱은 강철 빛으로 빛났다. 금테 안경 속의 그의 눈도 예리하게 빛났다. 겉으로는 차분해 보이지만, 카잔스키의 심박수는 급격하게 올라가고 있었다. 기분이 좋아 가슴이 터질 것 같아서였다.

이유는 두 가지.

하나는 고속 승진할 수 있는 기회를 잡은 것이었고, 하나는 내면 깊숙이 자리 잡고 있는 살인 본능을 마음껏 실현할 수 있는 기회가 주어졌기 때문이다.

카잔스키는 무표정으로 앉아 있다가 갑자기 키득키득 웃었다. 주변의 이목 때문에 다시 정색하여 표정을 관리했지만, 계속 터져 나오는 웃음을 참기 어려웠다.

'큭큭큭. 2013년 원시인들이라니. 이건 멧돼지 사냥하고 다를 바가 없구먼. 그래, 좋다. 몇 명이나 죽일 수 있는지 내 한계에 도전해보자. 큭큭큭.'

이윽고, TK—10 삼백기가 안드로이드 전용 통로를 이용하여 셔틀쉽에 탑승했다.

정보 2과장이 다가왔다.

"팀장님. 탑승 완료했습니다."

"그래?"

"출국 허가서와 보딩패스 입니다."

카잔스키는 2과장이 주는 서류를 받으며 일어섰다.

옷매무새를 고친 다음, 그는 경쾌한 발걸음으로 탑승 게이트를 향했다.

"거기에 가면 케빈과 퀸튼 요원이 기다리고 있을 겁니다. 2013년 담당입니다."

"인간?"

"안드로이드입니다."

"흥. 허접한 것들이겠군."

"인과율 조정위원회의 주의 사항 잊지 마십시오. 결코 허가된 숫자 이상 죽여서는 안 됩니다."

"하하. 알고 있네. 자넨 나를 살인마로 아나?"

"아, 아닙니다. 그럴 리가요."

도킹된 통로는 높이 5미터에 폭 3미터였다. 세 사람이 들락거릴 정도? 통로에 끝에 서자 게이트가 열렸다. 카잔스키의 눈에 셔틀십의 고유넘버가 들어왔다.

–셔틀십 931

카잔스키는 가슴을 젖혀 숨을 크게 들이마셨다.

'후욱. 후욱. 한 놈만 죽이라고? 겨우 한 놈 죽이려고 내가 그 먼 곳까지? 천만에 말씀. 아예 몰살시켜 죄다 머리 가죽을 벗겨줄 테다.'

* * *

차 안이 너무 조용했다.

이유는 간단했다.

세상이 엿 됐다는 걸 나라에서 자랑스럽게 공표를 했으니까. 그 충격에 할 말을 잃었던 것이다.

떠버리 아빠를 둔 것은 다행이었다.

아빠는 뜬금없이 딴소리를 했다.

"옛날에는 이 밑으로 도로가 있었는데 길 옆으로 카페들이 많았어. 주말에는 데이트하러 오는 연인들로 난리도 아니었다. 그때 참 좋았지. 당신, 기억나지?"

누나가 고개를 저었다.

"아뇨."

"아, 왜. 봉주르 카페 기억 안 나? 차 마시고 있으면 기차가 지나가면서 경적을 한 번씩 울려줬잖아."

아빠가 해맑게 말을 할 때엔 늘 옛날 얘기였다. 그러나 아빠의 해맑은 웃음도 누나의 대답에 경직되고 말았다.

"전 처음 와 보는걸요?"

"헉! 그랬던가?"

새하얗게 질린 아빠를 보며 신우가 까르르하고 웃었다.

"아저씨. 언니 아니면 누구랑 왔었어요?"
"하여간, 이놈의 주둥아리가 문제라니깐. 쩝쩝."
"잘못하셨죠?"
"내가 대역 죄인이지. 뭐."
"사죄의 뜻으로 노래 불러 주세요."
아빠가 누나의 눈치를 보았다.
"그, 그럴까?"
누나가 엷게 웃으며 대답했다.
"좋죠."
아빠는 흥얼거리듯 노래를 시작했다.
풀어진 넥타이처럼 느슨해진 아빠의 목소리가 잔잔하게 흘렀다.

—조금은 지쳐 있었나 봐. 쫓기는 듯한 내 생활.

신우가 뺨을 붉히며 소리를 질렀다.
"꺄아. 춘천 가는 기차다."
아빠와 신우는 함께 노래를 불렀고, 누나는 눈을 지그시 감고 두 사람의 노래를 감상했다.

—아무 계획도 없이. 무작정 몸을 부대어보며. 힘들게 올라탄 기차는. 어딘고 하니 춘천행.

알고 있다.

아빠의 추억 속의 여자는 엄마다.
아빠의 추억은 늘 엄마의 시간대에 머물러 있으니까.
진홍빛 새벽에, 우리는 그렇게 춘천 방향으로 달렸다.

누나의 펜션은 북한강이 바로 내려다보이는 자리에 위치하고 있었다. 별장용으로 만들어진 곳이라 그다지 크진 않지만, 지중해풍의 모던하고 심플한 인테리어가 인상적이었다. 차량이 들어서자 정문에서 관리원 아저씨가 우리를 반겼다.

펜션은 썩 훌륭했다.

복층 구조라 아기자기한 맛도 있었고, 거실 정면 블랙우드로 만든 페치카, 회벽이 칠해진 테라스, 정원에는 자그마한 수영장도 갖추고 있었다.

신우는 폴짝 뛰며 좋아라했다.

"와아, 언니 너무 예뻐요."

아빠는 여장을 풀지 않고 차에 그대로 실어 놓았다.

필요한 물품이 있을 때마다 가지러 나와야 하는 게 조금 불편하지만, 만에 하나 위험이 닥쳤을 때, 언제든지 출발할 수 있도록 그리 결정한 것이었다.

거실로 들어오자마자 아빠는 TV부터 켰다.

그리고 뭔가 놓치는 게 있을까 봐 뉴스 채널에 고정해놓았다.

아빠는 신우에게 부탁을 했다.

"신우는 TV 좀 보고 있다가 특별한 게 나오면 말해줄래?"

"네."

"아들은 연장 챙겨서 따라와."

"어."

마당으로 나간 아빠는 펜션을 둘러보더니 벽돌담이 충분히 높지 않다고 말했다. 건장한 남자라면 쉽게 뛰어넘을 수 있을 것이라고.

아빠는 창고로 가서 접착 시멘트와 분리수거 해놓은 빈병을 잔뜩 가져왔다. 그러더니 빈병을 깬 후, 담장 윗부분에 접착시멘트를 바르고 깨진 유리 조각을 붙이기 시작했다. 민첩하게 움직이는 아빠의 모습이 몹시 낯설었다. 그동안 아빠의 이미지는 예능 프로나 보며 거실에서 뒹굴거리는 모습이 전부였기 때문이다.

"도와줄까?"

"됐고. 창고에 보니까 철조망이 있더라. 그거나 가져와라. 손 조심하고."

"어."

철조망을 가져왔을 때, 아빠는 작업에 열중하고 있었다. 이마에는 땀이 송골송골 맺혀 있었고, 걷어붙인 팔뚝에는 잔 근육이 꿈틀거렸다. 팔뚝에 길게 난 흉터 자국이 눈에 들어왔다. 전에 물어봤을 때, 군복무를 하다가 다쳐 수술한 흉터 자국이라고 했었다. 들을 때마다 떠오른 생각이지만 왠지 거짓말인 것 같았다.

사실이 아니라면 왜 다친 걸까.

어찌 됐건, 매일 TV 앞에서 뒹굴 거리던 아빠가 땀을 흘리며 일을 하는 모습은 새삼스러웠다. 아빠를 옆에서 지켜보는 누나의 눈은 하트 모양이 되어 있었다.

"아빠 너무 멋지지 않니?"

준서는 고스란히 전해주었다.

"누나가 멋지다는데?"

그 말에 아빠는 한껏 거드름을 피웠다.

"알아. 알아. 나의 이런 모습에 대부분의 여자들이 빠져들고. 한 번 빠지면 헤어 나오질 못한다는 거 아냐. 그래서 내 별명이 늪이었잖아. 으하하."

헐. 누나의 말을 괜히 전해주었다.

"자, 이제 철조망을 치자."

벽돌담에 유리 조각을 붙이고 철조망을 치니 제법 그럴듯한 방책이 되었다. 침입자를 아예 막진 못하더라도 심각한 데미지를 줄 순 있을 것이다.

"어때?"

"훌륭해."

"됐다. 신우한테 가봐라."

"어."

*　　*　　*

바람의 걸음이 느려지는 봄날 오후.

하늘은 푸른 손바닥을 내려 나뭇가지를 쓰다듬고 있었다. 신우는 수영장 선탠 의자에 누워 봄 햇살을 만끽하고 있었다. 준서가 옆에 앉자 신우는 코를 귀엽게 벌름거렸다.

"킁킁. 땀 냄새 좋다."

"땀 냄새가 뭐가 좋아?"
"머슴은 모르는군. 남자들 땀 냄새에 여자들 마음이 설렌다는 걸."
"왜?"
"땀 냄새에 페로몬 향이 들어 있거든. 여자를 유혹하는 수컷의 향기. 하하."
쩝. 할 말이 없다.
"……."
준서는 신우와 나란히 누워 강마을의 풍광을 즐겼다.
신우는 반짝거리는 수면을 바라보며 눈을 가늘게 떴다. 진녹색의 물이 유유히 흐르고 있었다. 물빛으로 보아 제법 깊지 않을까 싶었다.
"예쁘다."
"그러네."
"애들은 어떻게 되었을까."
서둘러 빠져나오느라고 생각하지 못했다. 그래. 성구와 미진이는 어떻게 되었을까. 그리고 재민이는?
"연락해볼까?"
"응."
성구에게 전화를 해보았다.
전화를 받자마자 녀석은 호들갑을 떨었다.
[으아, 세상이 망해가고 있다. 우리는 전부 죽을 거야. 난 겨우 열여덟 살인데 너무 억울하다.]
"자세히 말해봐."
[폭도들이 미쳐서 날뛰고 곳곳에서 약탈과 방화가 일어나 길거리엔

나가지도 못해. 경찰 병력이 부족하니깐 군대가 출동했어. 밤에는 매일 총소리가 들려.]

"어딘데?"

[미진이랑 같이 있어. 얘네 본가가 대전이잖아. 혼자 있으니 내가 보호해야지.]

"너희 부모님도 시골에 계시잖아."

[그러니까 우리는 이산가족의 아픔을 공유하고 있지.]

"미진이 데리고 여기로 와."

[너의 집?]

"아니, 가평에 있는 펜션이야. 찾아올 수 있지?"

[오케이! 주소 찍어.]

재민에게도 문자를 보내보았다.

[지금 상황이 어때?]

[예상대로 진행되고 있어. 1994년처럼.]

[군 병력이 투입되었다니 폭도들은 진압되지 않을까.]

[폭도들 속에 안드로이드가 섞여 있다면 문제는 달라지지. 놈들을 쉽게 생각하지 마.]

[여기 가평이야. 이쪽으로 와라.]

[하하. 내가 도망치려고 여기에 온 것 같아?]

[어떻게 하게?]

[놈들은 서울 한복판에 타임 게이트를 오픈할 거야. TK—100을 투입하려고. 난 타임 게이트가 열릴 때까지 기다렸다가 미래로 갈 생각이다.]

[미래로 가서 어떻게 하게?]

[1994년을 되찾으려면 싸워야지. 너는 달라. 네가 지켜야 할 가치는 여기에 있으니까. 그렇지만 나는 아니잖아.]

[혼자서?]

[각자 사연을 지닌 표류자들이 나타날 거야. 그들하고 같이 싸워야지.]

[그래? 그렇다면, 건투를 빈다.]

*　　*　　*

일주일이 지났다.

펜션에서의 생활은 마치 여행을 온 것처럼 평온했다. 그러나 방송을 통해 접한 바깥세상은, 특히 재난 지역으로 선포된 서울의 상황은 좋질 않았다. 군 병력까지 투입했으나 나아지질 않고 폭도들의 극성은 점점 더해 갔다.

그 결과 북한강로로 불리는 45번 국도는 서울을 떠나온 차량으로 인해 극심한 정체를 빚었다.

자가용, 트럭, 버스, 모두 국도에 일렬로 죽 늘어서 있었다. 모두 서울을 탈출해 온 차들이었다. 국도 옆길에는 피난길에 나선 사람들이 줄지어 걷고 있었다. 갓길에는 버려진 차도 많았다. 기름이 떨어진 탓이었다. 특별한 목적지가 있는지 궁금했다. 느낌으로는 그냥 길이 난 방향으로 걸어가는 듯했다. 목적은 서울에서 가능한 멀리 떨어지는 것이리라.

'성구와 미진이가 여기까지 올 수 있을까?'

준서는 아빠와 함께 이 층 테라스에서 그 모습을 지켜보았다.

"빨리 빠져나오길 잘했지. 큰일 날 뻔했다."

"그러게."

끽.

시속 10킬로 정도로 기어가다시피 하던 차들이 멈췄다. 앞 차량이 멈추자, 도미노처럼 뒤의 차량들이 따라서 멈췄다. 인근 부대에서 지원을 나온 모양. 피난 행렬 속에 군인들의 모습이 보였다. 수없이 반복했던 일이라 운전자들은 태연했다.

피난민들의 행렬도 멈춰 섰다.

앞에서 무슨 일이 생겼는지 아무도 궁금해하지 않았다. 휴식 시간이라 생각한 모양이었다. 피난민들은 은색 돗자리를 깔았다. 정차(停車)가 길어지자 운전자들도 내려 스트레칭을 하거나 소변을 보러갔다. 은색 돗자리에는 가족들끼리 삼삼오오 짝을 지어 앉아 허기진 배를 채웠다. 대부분 삼각 김밥 같은 인스턴트식품이었다. 도로 주변은 금방 쓰레기들이 넘쳐 났다.

누나가 테라스로 나와서 물었다.

"점심은 비빔국수 어때요?"

"좋지."

"난 지켜보고 있을게."

아빠는 쌍안경을 주었다.

"부르면 내려와라."

준서는 쌍안경을 받아 들며 고개를 끄덕였다.

"응."

아빠가 누나를 따라 내려간 후, 준서는 쌍안경으로 국도 근처에 있는 마을을 살폈다.

"……?"

수상한 일이 발생했다.

조그만 소녀가 마을 입구 쪽에서 무언가에 쫓기듯 달려 나오는 것이 아닌가. 소녀는 겁에 잔뜩 질려 울고 있었다. 소녀는 맨발이었고, 발등과 종아리에 상처가 나 있었고, 거기서는 피가 흘렀다.

뭔 일이지? 무엇이 저 아이를 공포로 내몰았지?

그 이유는 금세 알 수 있었다.

마을 회관 쪽에서 한 무리의 사람들이 소녀의 뒤를 따라 몰려왔다. 그들은 낫과 삽, 긴 쇠스랑 같은 살벌한 농기구들로 무장을 한 채였다.

겁에 질려 울면서 달려오는 소녀.

그 뒤로 소녀를 쫓아오는 마을 사람들.

그야말로 영화의 한 장면이었다.

"어서 와. 달려!"

피난 행렬의 사람들이 소녀를 발견하고는 소리를 쳤다. 다행히 소녀는 사람들 품에 안길 수 있었다. 군인 서넛이 K2 소총을 앞으로 내밀며 마을 사람들을 정지시켰다.

"거기 서시오. 무슨 일이오?"

마을 사람들은 이상한 말을 지껄였다.

"마녀의 딸이야. 죽여야 해."

뭐라는 거지? 쌍안경으로 보고 있지만 들리질 않아 답답했다.

소녀가 울먹였다.

"마을 아저씨들이 엄마를 죽였어요."

청년회장이 들고 있던 낫을 흔들며 소녀를 윽박질렀다.

"네 엄마 때문에 몇 사람이 죽었는데."

중사 계급장을 단 선임하사가 물었다.

"이 아이 엄마를 죽인 거 맞습니까?"

예순 살쯤 되어 보이는 마을 이장이 버럭 화를 냈다.

"저년 어미 때문에 마을 사람들이 다 죽을 뻔했어!"

도대체 누구의 말이 맞는가.

군인들은 어떻게 처신을 해야 할지 몰라 안절부절못했다. 피난 행렬 중 누군가가 소녀를 마을 사람들에게 돌려주라고 했다.

"보내줘. 난 이런 일에 휘말리기 싫어."

그러나 다른 사람들은 소녀를 옹호했다.

"요즘 세상에 마녀가 어디 있어? 저 마을 사람들이 이상한 거지."

"세상이 미쳐 돌아가는데 뭐가 이상해."

선임하사가 마을 이장한테 말했다.

"일단 돌아가세요. 사건의 진상은 조사를 해봐야 할 것 같습니다."

"뭐?"

"일단 돌아가라고 했습니다."

뭔가 이상하게 돌아가는데?

들리진 않았지만 분위기가 살벌하다는 건 알 수 있었다. 준서는 줌을 당겨 청년회장의 얼굴을 보았다. 순간, 준서는 등골이 서늘해지는 기분이었다. 청년회장의 눈빛이 정신착란에 빠진 자들과 흡사했기 때문이었다.

'저 사람 사고 치겠어.'

"니들이 뭘 알아!"

아니나 다를까. 청년회장이 들고 있던 낫을 갑자기 휘둘렀다. 휘익! 낫은 선임하사의 목에 박혔다. 선임하사의 목이 반쯤 꺾였다. 완전히 베어버리지 못한 건 낫이 목뼈에 걸린 탓이었다.

"이런 미친놈이!"

옆에 서 있던 병장이 K2 소총을 겨누고 방아쇠를 당겼다.

탕!

총알이 청년회장의 얼굴 반쪽을 날려버렸다. 마을 이장이 눈에서 광기를 발산하며 외쳤다.

"다 죽여!"

그러자 무장한 마을 사람들이 군인들과 피난 행렬을 덮쳤다.

"아악!"

총소리와 비명이 섞이며 45번 국도는 전쟁터를 방불케 했다. 마을 사람들은 총을 든 군인들부터 죽였다. 군인들이 총을 쐈지만 불과 열 명 정도의 숫자를 줄였을 뿐이었다. 그리고 채 10분도 되지 않아 군인 넷은 마을 사람들에게 학살당했다.

그 이후는 끔찍했다.

마을 사람들은 서울에서 내려온 피난민들까지 죽이기 시작했다.

사방에 살육이 만연했다.

여자들은 비명을 질러댔고, 아이와 노인은 몸을 제대로 가누지 못하고 비틀거렸다. 마을 사람들은 상대적으로 약한 여자, 아이, 노인들을 먼저 삽과 도끼 등으로 쳐 죽였다. 45번 국도의 갓길은 진홍빛 피와 내장으로 뒤덮였다. 연락을 받은 지원소대가 왔을 때엔 이미 많은 희생자가 발생한 후였다.

준서는 아빠를 불렀다.

"아빠!"

허겁지겁 테라스로 나온 아빠에게 쌍안경을 건네주었다. 상황을 확인한 아빠가 물었다.

"빌어먹을. 이게 무슨 상황이냐."

"마을 사람들이 단체로 정신착란을 일으킨 거 같아."

지원소대장이 소대원들에게 명령했다.

"발포!"

소대원들은 마을 사람들을 향해 조준사격을 해댔다.

탕. 탕. 탕. 탕.

아우성과 비명이 멈추질 않았다.

마을 이장은 여섯 발의 총알로 벌집이 되었다. 광기에 찬 마을 사람들이 군인들에게 덤볐지만 대부분 머리가 박살 나거나 총알에 관통 당했다. 백여 명의 마을 사람들이 학살당하는 데엔 십여 분밖에 걸리질 않았다. 시뻘건 구토물 같은 뇌수와 핏물이 냇물처럼 콸콸 흘렀다. 상황이 종료되자, 소대장이 피난 행렬을 돌아보며 손짓을 했다.

"출발하시오."

소대원들도 피난 행렬을 도왔다.

"자, 어서 출발하세요. 고장이 난 차량을 치웠답니다. 빨리 움직이세요."

밤이 되길 기다렸다.

시골의 밤하늘은 너무 맑아서 생소했다. 북두칠성이 북쪽 산에서 휘돌았다. 랜턴을 가져왔지만 아빠는 켜지 말라고 했다. 랜턴을 켜는 것은 적에게 위치를 노출하는 멍청한 짓이라고. 이 정도 별빛이면 밝기가 충분하다고.

정말이었다.

눈이 어둠에 적응되자 별빛은 무척 밝았다.

역시 장교 출신인 건가.

숲은 어두웠지만, 아빠는 길이 아닌 그쪽을 택했다. 아빠가 웃자란 소나무 숲을 가로지르며 먼저 산속으로 들어갔다.

준서는 말없이 아빠의 뒤를 따랐다.

관목을 헤치고 조그만 능선에 오르자 국도와 근처의 펜션들이 한눈에 들어왔다. 아빠가 흙바닥을 대충 골라 발로 X를 그리며 말했다.

"여기가 OP가 되겠구나."

"OP가 뭐예요?"

"군대용어로 'Observation Post'의 약자, 관측소를 말한다. 봐봐. 국도 쪽 움직임과 우리 펜션이 한눈에 보이지?"

"응."

"만약 무슨 일이 생겼을 때, 여기서 보면 한눈에 보인다고 생각하면 돼."

"그니까 전망이 제일 좋은 위치?"

"그렇지. 군사작전을 할 때는 이런 장소가 가장 중요해. 알아 둬."

준서는 고개를 끄덕였다.

"어."

능선을 따라 내려갔다.

작은 능선이라 시간은 오래 걸리지 않았다. 내려가서 본 45번 국도의 상황은 끔찍하고 처참했다. 마을 사람들, 군인들, 피난민들의 시체들이 오물과 함께 뒤죽박죽 섞여 있었다.

도로 옆에 덤불처럼 쌓인 학살된 시체들…….

그 위로 어둠이 내려 앉아 있었다.

그들을 비춰주는 건 별빛뿐이었다.

그들이 누워 있는 땅은 온갖 피와 오물로 축축했기에 역한 냄새를 풍겼다.

지옥이 실제로 존재한다면, 오늘 우리는 지옥을 목격한 것이었다. 만약에 인류가 이 난관을 극복하고 살아남는다 할지라도 오늘의 기억은 오래갈 것이 분명했다.

Chapter 8
서울 숲, 오염 농도 97%

어떻게 받아들여야 할지 모르겠다.

그저 평범했던 하루였는데. 상황이 급작스럽게 돌변하면서 사람들이 서로 죽이기 시작하더니 서울은 재난 지역이 되고 말았다.

이유 없는 폭력.

그 폭력의 실체는 대형 마트에서 경험한 걸로 충분하다.

천 원짜리 라면 하나에 살인을 저지르는 것을 보지 않았던가.

여기도 마찬가지다.

작은 시골 마을에 접한 국도. 평소 같으면 여행을 떠나는 차량들이 기분 좋게 달려야 할 도로였다. 그러나 즐거운 여행길은 피난길이 되어 버렸다. 순박한 마을 사람들은 폭도로 변했고, 여행자와 군인을 공격했다. 심지어 어린 소녀까지.

도대체 무슨 일이 일어나고 있는 걸까.

정말로 세상은 종말을 향해 달려가는 걸까.

아빠는 의외로 침착했다.

"마을 사람들 전체가 정신착란을 일으킨 모양이다. 그렇지 않고서는 이런 짓을 할 이유가 없지."

"그런 것 같아."

돌연 아빠가 절단된 시체를 뒤적이더니 거기서 뭔가를 찾았다. 아빠가 찾은 것은 군인들이 가지고 있던 총이었다.

"이건 K2 소총이다. 우리 때엔 M16을 썼었지."

"아빠는 시체를 뒤지는 게 아무렇지도 않아?"

"이까짓 거. 아무렇지도 않다."

"헐. 멘탈 강하네."

"이보다 다섯 배 많은 시쳇더미도 뒤져봤어. 인마."

"군대에서?"

준서의 물음에 잠시 머뭇거리다 아빠는 진지한 목소리로 대답했다.

"아니, 우리 백화점에서. 보름 동안 밤낮없이 미친놈처럼 뒤졌었지. 네 엄마를 찾으려고."

그랬구나.

엄마 얘기를 할 때 아빠는 늘 진지했었다.

그 이유를 어느 정도 알 것 같은 기분이었다. 엄마를 찾을 때 얼마나 마음이 아팠을까. 그 생각을 하니 가슴 한쪽이 저려왔다.

"……."

아빠는 풀숲을 뒤져 탄약통까지 찾아냈다. 탄약통 속에는 지원소대용 탄창과 총알이 들어 있었다.

"쯧쯧. 정신머리 없는 것들. 군바리가 총을 두고 가다니. 그나저나 수확물치곤 훌륭하다."

그때, 45번 국도 저쪽에서 헤드라이트 불빛이 강하게 비쳤다. 잠시 끊어졌던 피난 행렬일 것이었다.

"이제 돌아가자."

"응."

막 돌아가려할 때였다.

헤드라이트 불빛이 소나무 숲을 비췄고, 거기에는 아까 마을 사람들에게 쫓기던 소녀가 유령처럼 서 있었다.

살아 있었어?

소녀는 두려움에 질린 눈동자로 이쪽을 쳐다보았다.

소녀의 눈빛에는 경계와 구원, 두 가지 모순적인 감정이 섞여 있었다.

준서는 재빨리 아빠를 불렀다.

"아빠."

"왜."

"여기 좀 봐."

"아까 그 아이로구나."

아빠는 소녀에게 다정히 손을 내밀었다.

"아저씨 따라갈래?"

소녀는 기다렸다는 듯 고개를 끄덕였다.

"……네."

소녀를 데리고 펜션으로 돌아왔다.

우리는 누군가를 구해야 하는 일에 익숙해져야 할 것이라고 느꼈다. 아무도 그런 말을 하진 않았으나 감각적으로 서로 느끼고 있는 것이다.

엄마를 잃고 혼자 지내면서 며칠 굶은 모양.

소녀는 누나가 만들어준 카레를 허겁지겁 싹 먹어치웠다. 신우는 소녀가 체할까 봐 물을 챙겨주었다.

"얘. 천천히 먹어."

식사를 마치자 누나가 물었다.

"이름이 뭐니?"

"지아요."

"지아. 예쁜 이름이구나. 마을에서 무슨 일이 일어났는지 얘기해줄 수 있어?"

소녀는 앙증맞은 두 손으로 얼굴을 가리며 울었다.

"흑흑. 마을 사람들이 엄마를 마녀라고 하면서 불태웠어요."

제기랄. 사람을 불태우다니.

지금이 중세시대도 아니고. 이렇게 잔혹한 짓을 한단 말인가. 세상은 제대로 미쳐가고 있었다. 누나는 울고 있는 지아를 측은한 표정으로 안아주었다.

"그랬구나. 더 이상 말하지 않는 게 좋겠다."

누나는 지아를 욕실로 데려갔다.

긴장이 풀린 탓인지 목욕을 하고 나온 지아는 곧바로 잠이 들었다. 누나는 지아를 거실 소파에 눕혔다.

시골이라 밤이 되면 기온이 뚝 떨어졌다.

아빠는 지아가 추울까 봐 페치카에 장작을 집어넣고 불을 지폈다. 페치카 속에서 마른나무 쪼개지는 소리가 '딱딱'하고 들렸다. 우리는 페치카 앞에 모여 앉았다. 십 분쯤 지나자 거실 안이 금세 훈훈해졌다.

기분이 이상했다.

핵전쟁이 일어나 세상의 모든 것이 사라지고, 우리만이 남아 인류의 마지막 연료를 태우는 기분이었다.

*　*　*

서울 성동구 뚝섬 273번 도로.

아스팔트 길은 멀리 암흑을 배경으로 자리한 '서울 숲'을 향해 크게 휘어져 나갔다. 길 양쪽의 건물들은 불에 타 검게 그을려 있었다. 초등학교는 문을 닫아 폐교가 되어 있었고, 대형 마트는 메뚜기 떼의 습격이라도 받은 것처럼 텅 비어 있었다.

거리에는 죽은 지 오래된 시체들 천지였다.

뼈가 튀어나온 곳에는 살갗이 찢어져 있었고, 인대는 팽팽하게 말라붙어 눈살을 찌푸리게 했다.

폐허가 된 도로에 검정 방독면을 입은 군인들이 조용히 움직였다. 수도방위 사령부 소속 기동타격대였다. 대장으로 보이는 남자가 방탄복의 지퍼를 내리고 권총을 꺼내 들었다.

소령 김진호, 그는 왼손으로 전방을 가리켰다.

그의 수신호에 따라 대원들은 길 양옆으로 갈라져 일사불란하게 움직였다.

'서울 숲' 입구에 다다르자 제1조장이 단말기를 들어 버튼을 눌렀다. 단말기 모니터에는 글자가 선명하게 떠올랐다.

* 오염 농도: 97%
* 위험 수위: 레드(Red)
* 추정 인원: 약 5,000명

제1조장이 기동타격대장 김진호에게 보고했다.
"폭도들의 거점이 분명합니다."
"놈들은 어디 있어?"
"야외무대에 모여 있습니다."
제1조장이 가리킨 모니터에는 붉은 점이 밀집되어 있었다.
"우리가 집결할 만한 장소는?"
"나비 체험관과 바람언덕이 야외무대하고 가깝습니다."
기동타격대장 김진호가 말했다.
"여기서 흩어졌다가 제1조는 나비 체험관에, 제2조는 바람언덕에 매복한다."
"예, 알겠습니다."
제2조장이 방독면을 벗으며 도저히 궁금하다는 듯 물었다.
"대장님. 지금 우리가 무슨 짓을 하는 거죠? 서울 한복판에서."
"방독면 써 인마. 저 시체들 안 보여?"
"폭도들 말인데요. 그냥 싹 쓸어버릴까요."
"무작정 쓸어버릴 순 없어. 폭도지만 시민들이잖아. 가급적 희생을 줄

여야지.”

제1조장이 널브러진 시체를 가리켰다.

“시민들이 이런 짓을 해요?”

“그것 때문에 우리가 투입된 거 아니냐. 폭도 때문인지. 바이러스 감염 때문인지. 가서 알아내는 게 우리 임무다.”

제2조장이 입맛을 다셨다.

“쩝. 에이, 마누라 생일날인데.”

“지금이라도 빼줄까?”

“아닙니다. 금방 처리하고 가죠. 뭐.”

“자, 빨리 끝내고 철수하자. 움직여!”

기동타격 대원들은 민첩하게 움직여 어둠에 잠긴 폐허 속으로 하나둘씩 사라져갔다.

‘서울 숲’. 이곳은 불과 며칠 전까지만 해도 색깔이 풍부한 숲이었다. 그러나 지금은 죽은 나무들이 거대한 군락을 이루고 있었다. 따라서 색깔도 하나였다.

희뿌연 잿빛…….

검은 재로 된 폭풍이라도 지나간 듯 숲과 길은 온통 잿빛으로 시커멨다.

싸늘한 달빛이 망가진 야외무대의 천장을 뚫고 쏟아져 내렸다. 옛날 정수처리장을 이용해 만든 야외무대 앞에는 폭도 수천 명이 우글거렸다. 그들은 핵전쟁이라도 치른 듯, 국방색 방수포를 입고 마스크와 고글을 쓰고 있었다.

기동타격대장 김진호가 턱에 부착된 마이크에 대고 어딘가에 보고했다.

"목표 지점에 침투했습니다."

그가 보고한 곳은 감시국(IMS) 상황실이었다.

상황실에는 대통령과 수도방위 사령관이 나와 있었다. 팀장 강신철이 기동타격대장 김진호에게 물었다.

"폭도들뿐입니까?"

"여기에선 확인할 수 없습니다."

이번에는 수도방위 사령관이 그에게 물었다.

"진 소령, 몇 명이나 모여 있나."

"5천 명 정도입니다."

"알았다. 시작하도록."

기동타격대장 김진호가 대통령에게 발포 허가를 요청했다.

"발포 명령을 내려주십시오."

대통령은 반백의 머리와 주름만큼 시름이 깊었다.

어찌 됐건 상대는 시민들이 아닌가. 시민들에게 총을 쏘라고 허가하는 건 쉽지 않은 일이었다. 그러나 더 큰 희생을 막기 위해서는 어쩔 수 없는 일. 대통령은 결국 어려운 결정을 내렸다.

"허가하네. 다만……."

"말씀하시지요."

"저들도 시민임을 잊지 말게."

기동타격대장 김진호가 복면 위로 핀 카메라를 부착했다. 폭도 진압 과정을 중계할 계획인 것이다.

"시작하겠습니다. 카메라를 설치했으니 직접 확인하실 수 있을 겁니다."

"……."

기동타격대장 김진호가 나비 체험관을 향해 수신호를 보냈다. 명령을 받은 제1조의 저격수들이 야외무대 쪽으로 PSG—90A1 저격용 총을 겨냥했다.

'몇 명만 타깃으로 삼는다.'

'알겠습니다.'

'발사!'

푸슛!

저격수의 첫발이 날아가 폭도 한 명의 고글을 뚫었다. 고글을 깨고 들어간 총알은 머리 뒤쪽을 뚫고 나왔다. 깨진 고글에 핏물이 고였고, 머리 뒤쪽에서는 피분수가 솟구쳤다.

"아악!"

푸슛! 푸슛! 푸슛!

PSG—90A1의 총구에서 연속으로 불꽃이 일었다. 앞쪽에 모여 있던 폭도들이 맥없이 쓰러졌다. 역시 전문가들의 솜씨다웠고, 이런 전개라면 곧 상황이 끝날 것 같았다.

기동타격대장 김진호가 외쳤다.

"30초 후에 돌격하여 폭도들을 제압한다. 가급적 희생을 줄이되, 저항하는 놈들은 굳이 살려둘 필요 없다."

"알겠습니다!"

그때였다. 중간에 서 있던 키가 큰 사내가 폭도들을 제치고 앞으로 나섰다. 그는 방수포가 아닌 붉은 수도복을 입고 있었다. 사내는 수도복 앞자락을 활짝 열어젖히며 나비 체험관을 향해 팔을 내밀었다. 놀랍게도 그의 팔뚝에는 유탄 발사기가 장착되어 있었다.

"뭐야."

기동타격대장 김진호가 깜짝 놀라 말했다.

"저건 유탄 발사기 아냐."

"일반 시민이 아닙니다. 저격하겠습니다."

저격수가 서둘러 PSG—90A1의 방아쇠를 당겼다.

총알은 정확히 사내의 이마에 맞았다. 그러나 총알은 불꽃을 일으키며 이마에서 튕겨나가고 말았다.

"죽, 죽지 않았어."

"……!"

펑. 펑. 펑.

사내가 들고 있는 유탄 발사기에서 원추형 불꽃이 일더니 고폭탄이 발사되었다. 고폭탄은 나비 체험관의 유리창을 깨고 정확하게 안으로 떨어졌다.

콰쾅!

나비 체험관의 유리창이 깨지며 검붉은 화염이 밖으로 솟았다. 검붉은 화염은 안에서 대기하고 있던 제1조 대원들을 덮쳤다. 고폭탄(high explosive)은 파편탄처럼 탄체 자체가 파편이 되어 사람을 살상하는 원리와는 달랐다. 고성능 폭약이 폭발하면서 피탄 장소 주변의 물체를 끌어들이고, 끌려 들어간 생명체는 고열에 타죽거나 폭압에 의해 몸이 짓눌려 죽게 되는 원리였다.

"아아악!"

콰쾅!

검붉은 화염이 10미터까지 치솟았고, 1조 대원들의 몸이 화염에 쌓인 채 솟아오르더니 허공에서 폭죽처럼 터졌다. 기동타격대장 김진호는 공중에서 폭사한 제1조장의 모습을 보며 눈이 뒤집혔다.

"야, 인마. 1조장!"

분노한 기동타격대장 김진호는 바람언덕에 매복하고 있던 제2조에게 공격 명령을 내렸다.

"한 놈도 남김없이 싹 쓸어버려!"

제2조 대원들이 바람언덕을 달려 내려가며 총을 갈겼다.

"공격 앞으로!"

*　　*　　*

두두두두.

경기관총 K3PARA의 총구에서 십자 불꽃이 튀며, 총성이 어둠 속에서 요란하게 울렸다. 총을 맞은 폭도들의 머리와 가슴에서 붉은 피가 터져 나왔다. 제2조 대원들은 동료의 복수라도 하려는 듯 야외무대를 향해 무차별 난사를 했다. 총에 맞은 폭도들은 팝콘이 튀듯, 몸을 허우적거렸다.

그때, 폭도들 사이에서 붉은 수도복의 사내 다섯이 걸어 나왔다. 그들은 수도복을 젖히면서 낯선 총기를 꺼내 들었다. 놀랍게도 그것은 레일 건이었다. 레일 건은 화약을 장착하지 않고, 고압전류가 흐르는 자력을 이용, 총알이 음속의 수배에 해당하는 속도로 날아가 목표물을 명중시키는 무기.

레일 건?

기동타격대장 김진호가 부하들을 향해 다급하게 외쳤다.

"모두 피해!"

놈들의 레일 건에는 소형 고폭탄이 장전되어 있었다.

레일 건은 뛰어내려오는 2조를 향해 발사되었고, 바람언덕은 검붉은 화염에 휩싸였다.

쾅! 쾅! 쾅!

바람언덕은 마치 B52에게 폭격이라도 맞은 것처럼 초토화가 되었다.

전멸이었다.

검은 연기가 바람에 날려 시야를 드러냈을 때에는 대원들의 시체만이 널브러져 있었다. 이 장면은 고스란히 감시국에 중계되었다.

상황실은 경악에 빠졌다.

"어떻게 민간인이 유탄 발사기를……."

"이들은 그냥 폭도가 아닙니다."

아무리 폭도지만 이들은 며칠 전까지만 해도 시민들이었다. 이들이 어찌 유탄 발사기와 레일 건을 가지고 있단 말인가. 게다가 레일 건은 아직 실용화되지 않은 중화기가 아닌가. 그리고 이마에 총알을 맞고도 죽지 않은 놈은 뭐지? 부하들을 잃은 김진호는 망연자실하여 멍하니 서 있었다.

강신철이 말했다.

"사령관님, 김 소령에게 철수하라고 명령하십시오. 저대로 있으면 죽습니다."

폭도들이 김진호에게 달려가는 것이 보였다. 모니터를 지켜보던 보안사령관이 소리쳤다.

"김 소령, 왜 멍청히 서 있는 거야. 어서 빠져나와!"

김진호의 목소리는 생각 외로 차분했다.

"제가 빠져나가면 저들의 실체를 파악하지 못합니다."

"너까지 죽을 셈이야?"

김진호는 보안사령관의 강권에는 대답하지 않고 강신철을 찾았다.

"강 팀장, 모니터링 하고 있습니까?"

강신철은 착잡한 심경으로 대답했다.

"지켜보고 있습니다."

"잘 보고 있다가 놈들의 정체를 알아내주시오."

"무리입니다. 지금 빠져나오면 살 수 있습니다."

"대신 저들의 정체는 모르겠지요."

"……"

이 남자, 지금 죽을 생각을 하고 있다.

목숨을 내던져서라도 폭도들의 실체를 상황실로 전달하겠다는 의지다.

젠장. 강신철의 마음은 한없이 착잡해졌다.

임무를 위해 목숨을 내던지는 것. 과연 옳은 일인지는 모르겠다. 나라에서 해준 게 뭐가 있다고 말이야.

그래도 하나는 알겠다.

이런 게 군인 정신이라는 것을.

*　　*　　*

고글을 쓴 폭도들이 기동타격대장 김진호를 순식간에 에워쌓았다. 김진호는 스스로 사로잡혔다고 말하는 게 옳았다. 폭도들은 김진호를 끌고 가 조명탑 위에 고깃덩어리처럼 내걸었다. 붉은 수도복에 레일 건을 든 사내, 전투 안드로이드 TK—10이 폭도들을 자극했다.

"이놈은 악마다."

놈의 말속에는 정신착란자들을 선동하는 언령(言靈)이 숨겨져 있었다. 언령에 조정 당한 폭도들은 극도로 광분하여 외쳐댔다.

"불태워라!"

"태워 죽이자!"

광분한 폭도들은 당장 행동으로 옮겼다.

말라 버린 잔가지와 나무줄기를 한 아름씩 가져와 김진호의 발밑에 쌓은 것이다. 그들은 사냥에서 획득한 수확물처럼 김진호를 대했다. 죽음에 직면했지만 김진호는 수도방위 사령부 소속 기동타격대 대장으로서의 당당함을 잃지 않았다.

"나는 수도방위사령부 소속 기동타격대 대장이다. 평범한 시민들을 선동하는 자는 대체 누군가. 당장 나와 신분을 밝혀라."

그때, 금테 안경에 제복을 입은 사내가 야외무대 뒤편에서 모습을 드러냈다. 연맹 정보부 2과 팀장으로 전격 승진한 카잔스키였다. 그의 뒤를 검정 슈트를 입은 케빈과 퀸튼이 그를 따랐다.

카잔스키가 안경너머로 날카로운 눈빛을 보냈다.

"궁금한가?"
김진호가 반문했다.
"군산복합체인가? 국가 전복을 노리고 폭동을 일으킨 건가? 아니면 테러 집단인가?"
카잔스키가 비릿하게 웃었다.
"후후. 우리가 그 정도로 허접한 단체로 보였나?"
"말하라. 원하는 게 뭔가."
다짜고짜 카잔스키는 준서의 사진을 보여주었다.
"세인트존의 후계자. 어디 있지?"
김진호는 준서에 관해 아는 바가 없었다.
"세인트존의 후계자? 미친놈이로군. 대체 무슨 말을 지껄이는 거냐!"
케빈이 카잔스키를 쳐다보았다.
"일개 부대장이 알 만한 정보는 아닙니다."
카잔스키가 짜증나는 듯 미간을 찌푸렸다.
"털어도 나올 게 없나?"
"아마도 그럴 겁니다."
카잔스키는 엄지손가락으로 뒤에 폭도들을 가리켰다.
"그럼, 시간 끌 것 없잖아. 화형 시켜 저놈들 갈증이나 풀어줘."
폭도들이 휘발유 한 통을 마른 나뭇가지에 들이부었다.
김진호는 죽음을 직감했다.
그러나 끝까지 자신의 임무를 잊지 않았다. 죽더라도 놈들의 정체는 알아낼 생각인 것이다. 그들이 화형을 준비하는 부산한 틈에 김진호는 마이크에 대고 말했다.

"사령관님."
동고동락을 같이 했던 부하의 마지막 순간을 어찌 지켜본단 말인가. 수도방위 사령관이 침울한 어조로 말했다.
"김 소령. 카메라 꺼라."
김진호는 명령을 거부했다.
"괜찮습니다. 평생 군인으로 살았습니다. 언젠가는 작전 중에 죽을 수도 있다고, 생각을…… 늘 그렇게 했었습니다. 오늘이 그날인가 봅니다."
"앞으로도 죽을 기회는 많아!"
"부하들을 먼저 보낸 날보다 좋지는 않겠죠."
김진호가 잠시 말을 끊었다가 다시 이었다.
"부탁이 있습니다. 제2조장, 현 중위 말입니다. 그놈 와이프가 생일이랍니다. 아마 기다리고 있을 것 같은데. 오늘 못 가게 되었다고 대신 좀 전해주시겠습니까."
수도방위 사령관이 힘없이 고개를 끄덕였다.
"그리하겠네."
대통령이 비통한 심정으로 말했다.
"내가 무능하여 당신 같은 훌륭한 군인을 잃는구려. 미안하오. 지켜주지 못해."
"저 대신 시민을 지켜주십시오. 그리고 건강하십시오."
"……."
최후의 기동타격대 김진호와의 교신은 그것이 마지막이었다.
화면에 불길이 너울거렸다.

김진호의 발밑에서 타오른 불길일 것이었다. 견디기 힘들 텐데 신음 소리 하나 들리지 않았다. 잠시 후, 화면의 앵글이 오른쪽으로 기울어졌다. 화면에는 연맹마크가 새겨진 피라미드 구조물이 보였다. 김진호가 죽어가며 일부러 그쪽으로 고개를 떨어뜨린 것이었다. 그 와중에도 카메라는 오디오를 담아냈다.

"카메라로군. 어디론가 송출을 하고 있던 건가?"

"그런 것 같습니다. 팀장님."

"호오, 그거 재미있군."

순간, 화면이 심하게 흔들렸다.

헬멧에 부착된 카메라를 뜯어낸 모양이었다. 화면에 카잔스키의 얼굴이 불쑥 나타났다. 카잔스키는 카메라를 손에 들고 얼굴을 가까이 댔다.

"그쪽은 어디지? 이 나라의 권력자들인가?"

"……."

카잔스키는 상대를 단정했다. 그리고 그 단정은 틀리지 않았다.

"'우리한테 무슨 일이 일어난 거야?' 다들 궁금해서 이러고 있겠지? 방송에서 괴 바이러스 운운하던데, 그건 아냐. 쉽게 말하자면, 전자파를 이용하여 잠시 인간의 뇌를 컨트롤할 뿐이지. 하지만 다들 바이러스 때문이라 생각하더군. 공포 분위기 조성. 인간의 공포심을 이용하는 건 통치의 기본이니까. 당신들도 종종 사용할 거야. 물론 우리처럼 스펙터클 하진 않겠지만 말이야. 이제 좀 궁금증이 풀렸나?"

강신철이 모니터에 대고 물었다.

"미래 연맹에서 온 건가?"

“호오. 비교적 똑똑한 편이군. 전반적으로 맞아. 하지만 조금은 틀렸어. 나는 신이야. 돌도끼를 들고 있는 원시인들 앞에 강림한 학살의 신. 미개한 너희 종족들에게 어둠과 공포를 약속하지.”

“정신병자로군.”

“그럼, 정신병자의 계획을 말해줄까? 내 계획은 그래. 너희 종족을 깨끗이 멸종시키고 이곳에 새로운 문명을 만드는 거야. 물론, 유전자 검사를 해서 좀 더 우수한 종자들로 골라야겠지. 아! 번듯한 이름도 지어야겠군.”

카잔스키가 별안간 케빈에게 물었다.

“잉카나 마야. 어때?”

케빈이 대답했다.

“그건 있습니다. 팀장님.”

카잔스키는 미친 듯이 어깨를 들썩였다.

“큭큭. 나도 알아. 조크였어. 안 웃겨?”

*　　*　　*

상황실은 무거운 침묵에 휩싸였다.

수도방위 사령부 최고의 부대가 전멸당했으니 그 충격이 적지 않았던 것이다. 대통령이 혼잣말처럼 입을 열었다.

“단순한 테러 집단이 아니군요.”

강신철이 설명했다.

“저들은 미래에서 온 자들입니다. 앞서 미래에서 보낸 전자파라고 말씀드렸습니다. 그 전자파를 보낸 장본인입니다."

대통령의 눈이 휘둥그레졌다.

"뭐라고요?"

그때였다. 어디선가 벽에 울리는 듯한 음성이 들렸다.

"정확하게는 서기 2525년을 지배하고 있는 미래 연맹에서 보낸 자들이지요."

그러더니 비취색 빛 한 덩어리가 일렁였다.

그 빛은 점점 사람의 형체를 이루더니 아케론의 모습으로 바뀌었다. 대통령 경호원들이 재빨리 권총을 겨누었다. 아케론은 개의치 않고 자신을 소개했다.

"나는 12사제단 소속 반군 사령관 아케론이오."

강신철이 그에 대한 소개를 덧붙였고, 아케론은 현재에 처한 상황을 가감 없이 설명했다. 아케론의 설명에 상황실은 극심한 충격에 빠져들었다. 대통령이 아직 충격에서 빠져나오지 못한 음성으로 물었다.

"당신 말이 사실이라고 칩시다. 미래 사람들이라면 같은 인류인데 왜 이런 끔찍한 일을 벌이는지 궁금하군요."

"영원한 권력을 위해서입니다."

"……."

"좀 더 부연하죠. 미래 사회는 천공 도시에 사는 시민과 땅에서 사는 랜드피플로 나뉘어져 있습니다. 시민권을 가진 자는 연맹이 제공하는 모든 혜택을 받고, 그렇지 못한 자는 오염된 땅에 내몰려 비참하게 살고 있죠. 이것이 서기 2525년의 현실입니다. 경제는 4대 곡물 메이저와 종자(種子) 회사가 쥐고 있으며, 정치는 연맹이 장악하고 있습니다. 물론

권력은 연맹이 쥐고 있으나, 연맹 또한 4대 곡물 메이저의 영향 아래에 있으니 실질적인 지배자는 4대 곡물 메이저라 볼 수 있습니다."

미래 사회의 지배자가 곡물 회사라는 것에 대해 적잖이 놀라는 눈치였다. 아케론은 말을 계속 이어갔다.

"이러한 지배 구조가 영원히 지속되려면 인구의 관리는 필수적입니다. 인구를 관리하는 부서가 인과율조정위원회라는 곳인데, 그들은 재앙을 일으키는 방식으로 미래 인구를 적정하게 유지하여 왔었습니다. 그러나 한 친구 때문에 그들의 프로젝트에 제동이 걸렸습니다. 그래서 계획을 변경한 것이죠. 과거에 직접적으로 개입하기로."

"직접적이라는 것은."

"과거 침공입니다."

"……!"

대통령이 일전불사의 의지를 밝혔다.

"말도 되지 않소. 전군을 투입해서라도 막겠소."

아케론은 절망적으로 고개를 저었다.

"불가능합니다. 현재의 군사력으로는."

"왜 우리나라에만 이런 일이 벌어지는 거요?"

"전세계적으로 아홉 개의 주요 도시에서 그런 징후가 감지되었습니다."

수도방위 사령관이 비관적인 어조로 내뱉었다.

"세상이 이대로 끝난단 말이로군."

"끝나는 것은 아닙니다. 다른 공간에서 현재의 삶은 유지되니까요."

"그건 또 무슨 말이오."

"평면분할에 관해 말씀드리는 겁니다. A공간에서의 삶은 B공간에서 그대로 유지됩니다. 아무 일도 없었던 것처럼. 다만 A공간은 없어지겠지만. 그렇기에 미래 연맹의 침공에서 벗어나려면 C공간으로 이주해야 합니다. 그래야 2013년 인류를 통제하지 못할 테고, 그리하면 인과율 조정은 실질적으로 불가능하게 되지요. 그것은 미래 연맹에게 치명적인 타격을 줄 것입니다."

"……."

"너무 걱정 마십시오. 사람들은 이런 일이 있었다는 것조차 기억 못하게 되니까요."

"우리가 어떤 조치를 취해야 하는 것이오."

"C공간으로 이주하는 것만이 답입니다. C공간으로 가는 타임 게이트는 우리가 열어드릴 겁니다. 운송 수단만 준비해주십시오. 가급적 사람들이 많이 탈 수 있는 걸로."

대통령이 수도방위 사령관을 보며 말했다.

"가장 많은 사람을 태울 수 있는 운송 수단은 열차뿐인데. 그래도 인구 전체가 이동을 하려면 시간이 꽤 걸리지 않겠소?"

"그렇습니다."

강신철이 강력하게 주장했다.

"그래도 해야만 합니다. 그것만이 피해를 최소화하는 길이니까요."

대통령은 고민스러운 표정을 지었다.

"아……. 그러면 누굴 먼저 보내고 누굴 나중에 보낸단 말이오."

"우선 순위를 말하는 것이라면, 무작위로 순서를 정할 수밖에 없겠습니다. 탑승권을 소지한 사람만이 탈 수 있도록."

"이 계획을 저쪽이 알게 되면."

"모든 게 끝입니다. 군대가 할 일은 그것뿐입니다. 시민들이 모두 탈출할 때까지 버텨주는 것."

무언가 결심을 한 듯 대통령은 엄중하게 명령을 내렸다.

"전군회의를 소집하겠소. 사령관께서 준비해주세요."

"예."

Chapter 9
생존 싸움

가평 펜션.

블랙우드 페치카 옆에는 8등분으로 잘 쪼개진 화목이 쌓여 있었다. 관리원 아저씨가 준비해 놓은 것이었다. 불은 장작 서너 개를 태우는 것이 적당했다. 더 이상 불이 커지면 후텁지근해질 테니까. 아빠는 적당한 시간의 간격으로 장작을 하나씩 넣었다.

누나와 신우, 두 여자는 소녀가 깨지 않도록 두런두런 얘기를 나누었다. 잠든 지아를 보았다. 깨어나 물어보면 어떻게 할까. 이 소녀가 살아갈 세상에 대해 설명하려니 답답했다. 이 소녀는 잿빛 하늘과 폐허에 익숙해져야 할 것이다. 사람들이 왜 엄마를 죽었냐고 묻는다면 더욱 가슴이 먹먹할 것 같았다.

"마치 데모노마니아(demonomania)를 보는 거 같아."

누나의 말에 신우가 눈을 동그랗게 떴다.

"언니, 그게 뭐예요?"

"악령이 씌였다고 생각하는 망상인데, 중세에는 마녀사냥으로 이어졌어. 자신의 행동을 정당화하기 위해 다른 사람을 악마나 마녀로 모는 이상행동이야."

누나의 말이 사실이라면, 미래 연맹은 폭도들의 정신 상태를 조종하고 있는 걸지도 몰랐다. 만약 그렇다면. 세상은 어찌 될까. 놈들에게 정신을 조종당하며 사는 삶이란…….

생각만 해도 끔찍하다.

준서는 장작 하나를 집어 페치카 속에 던졌다.

누나의 말 때문인지 마른 장작이 악마에게 바치는 제물처럼 느껴졌다.

아빠는 당연히 어른스러운 불평을 터뜨렸다.

"정부는 대체 뭐하는 거야. 경찰이 부족하면 군을 투입하든지. 세상이 미쳐 가는데 이렇게 속수무책이면 국민들은 어떻게 살라고. 그나저나 내일은 회사에 전화나 해봐야겠군."

펜션 밖에서 누군가가 고래고래 소리를 쳤다. 내다보니 문밖에 성구와 미진이 서 있었다.

"야, 문 열어줘!"

"신우야. 나왔어."

그렇게 반가울 수가 없었다.

마치 핵전쟁으로 세상이 멸망한 후, 운 좋게 살아남은 생존자를 만난 기분이었다.

준서는 성구의 머리를 쓰다듬어 주었다.

"잘 찾아왔다?"

성구가 스마트폰을 흔들었다.

"내비게이션이 있잖아."

"니들은 운전도 안하는데 내비게이션을 쓰냐?"

"우리는 걸어 다닐 때도 내비게이션 써요. 헤헤."

"참 요즘 애들이란. 하긴 그렇다. 있는 거 써야지. 놀려서 뭐하겠어."

"그럼요."

* * *

일주일이 하루처럼 지나갔다.

TV에서 뉴스가 사라졌다. 각 시간대의 뉴스는 지방 방송국에서 올려 보낸 '어서 가자, 내 고향' 같은 프로로 대체되었다.

방송국은 살아 있나?

서울을 제외한 다른 지역은 아직은 안전한 것으로 보여 다행이었다. 포털 사이트에서는 검색이 일부 중단되었고, 원격 기폭을 방지한다는 이유로 정부는 서울 전역의 휴대전화 서비스를 중단했다.

서울로부터 들려오는 소식은 없었다.

서울이 어떻게 되었는지 아는 사람은 아무도 없었다.

사람들은 유—튜브로 몰렸다. 다행인지 불행인지, 이 경악할 만한 사태를 서울만 직면하고 있는 것은 아니었다. 워싱턴, 뉴욕, 런던, 파리, 베를린, 상해, 도쿄 등, 세계 주요 도시 9곳에서도 같은 현상이 벌어지고 있었다.

다시 일주일이 지났을 때에는. 이제 도로에는 차량을 볼 수 없었다. 들판이나 도로 옆을 지나가는 군용 차량, 혹은 농부들이 간간이 보일 뿐이었다. 하긴 지금쯤이면 연료가 떨어졌을 것이다.

그래도 그 많은 사람들은 다 어디로 갔을까.

시골이라 지루하다는 것만 빼면 펜션에서의 생활은 견딜 만했다. 사실 지루하다는 감정은 사치다. 그 지옥 같았던 날을 생각하면, 오늘도 하루를 별 탈 없이 지낼 수 있다는 사실에 감사해야 한다.

남자들은 틈나는 대로 방책을 보강했다.

문제는 식량이었다.

마트에서 장을 봐온 물량은 다 떨어져 가고, 펜션에 남은 것도 보름치 정도였다. 여자들은 남아 있는 식량을 균등하게 나누어 냉장고에 보관했다.

냉장고는 괜찮을까. 사실 그것도 불안했다.

발전소가 언제까지 가동될지도 모르고, 또 중간에 송전탑에 문제가 생긴다면, 전기가 언제 끊길지 모르니까. 그나마 휴대용발전기 한 대가 있어서 다행이지만.

아빠가 삼사십 미터 정도 되는 텃밭을 사이에 둔 건너편 펜션으로 건너갔다. 그 펜션에는 아빠 또래의 중년 남자 셋과 젊은 커플 세 팀이 놀러와 있었다. 자식들이 안 따라온 걸 보니 중년 셋은 고교나 대학 동창 모임이지 싶었다. 젊은 커플들은 테라스에서 아빠와 얘기를 나눴는데, 아빠의 표정은 좋질 않았다. 아빠는 돌아와서 사태가 생각보다 길어질 것 같다고 말했다.

누나가 걱정을 했다.
“먹을 게 문제예요.”
“얼마나 남았어?”
“한 보름 치요.”
마침 지아가 좋은 정보를 제공했다.
“아저씨, 마을에 슈퍼마켓이 있어요.”
지아의 말을 듣자마자 준서가 일어섰다.
“성구랑 다녀올게요.”
“차를 가져가야 할 텐데?”
성구가 운전대를 잡는 시늉을 했다.
“저 운전할 줄 알아요.”

운전면허는 생각해볼 가치도 없다.
성구가 운전을 할 수 있다는 게 다행이었다. 마을 회관 옆에 작은 슈퍼마켓이 있었다. 성구는 능숙하게 차를 몰아 그 앞에 세웠다. 주인은 없었다. 아마 그날 사건으로 죽었을지도 모른다. 그래도 돈을 놓고, 생수, 쌀, 포장 김치 등, 가장 중요한 식료품과 생필품 위주로 큰 비닐봉지에 담았다.
“준서야. 누가 오고 있어.”
성구에 말에 돌아보니 괴이한 복장의 남자들이 슈퍼마켓 쪽으로 다가오고 있었다. 정찰 중에 준서와 성구를 발견한 듯한 인상이었다. 검은 고글에 마스크를 쓰고 있어서 그들의 얼굴은 전혀 알아볼 수 없었다. 장비가 군용이라 군인인가 싶었지만 그것은 또 아닌 듯했다. 붉은 수도복을 망토처럼 걸치고 있었기 때문이었다. 살짝 긴장이 되었다.

"군인이야?"

"모르겠어."

한 남자가 준서를 똑바로 쳐다보았다. 고글 안쪽에서 적외선이 센서가 작동하며 붉은 빛이 준서를 스캔했다.

뭐하는 짓이지? 예감이 좋질 않았다.

고글의 검은 유리에 준서의 모습이 투영되었다. 그리고 유리 아래쪽으로 '일치율 100%'라는 글자가 반짝였다.

'나를 찾았다는 건가?'

역시 좋지 않은 예감이 맞았다.

"목표 발견."

기계음을 듣는 순간, 준서는 반사적으로 생각했다. 안드로이드라고. 그리고 재빨리 군도를 소환했다. 비취색 빛이 일렁이다가 군도가 막 손에 쥐어지는 순간, 덩치가 큰 다섯 놈이 준서의 앞을 막았다. 놈들은 연맹에서 파견한 전투 안드로이드 TK—10이었다. 준서는 군도를 길게 늘어뜨린 채 다섯 놈을 태연히 훑어보았다. 겉모습은 완벽했다. 사람인지 안드로이드인지 구분이 가지 않을 정도였다.

"성구야. 잠깐 숨어 있어."

"응. 알았어."

성구는 잽싸게 슈퍼마켓 안으로 들어갔다.

싸움에 앞서 준서는 군도를 두어 번 휘적거렸다. 군도에서 발생한 기파에 붉은 수도복이 젖혀졌다. 그러자 놈들이 오른팔로 들고 있던 CIS—50 중기관총이 모습을 드러냈다. 80킬로그램에 달하는 무거운 중기관총을 가볍게 드는 걸로 보아 전투 안드로이드가 분명했다.
"먼 미래에서 여기까지 온 이유가 뭐냐?"
"세인트존의 후계자를 제거하러 왔다. 그게 넌가?"
"알 것 없고. 내가 사는 곳을 쓰레기장으로 만들지 말고 돌아가라. 지금 돌아가면 살 수 있다."
"우리는 연맹 최고의 전투 안드로이드 TK—10이다. 너 따위가 막을 수 없다."
준서는 코웃음을 쳤다.
"훗. 니들이 제롬보다 강해?"
"……!"
"아니지? 그럼 실수한 거야. 제롬, 그놈도 내 손에 부서졌거든."
"죽인 후, 확인한다."
드르르.
놈들은 다짜고짜 총을 갈겨댔다.
총열에서 불꽃이 일며 탄피가 줄을 이어 공중으로 튀었다. 사속(射速) 분당 1000발이 넘는 중기관총이 불을 뿜었다. 2중 급탄장치를 장착하고 있어 2종류의 총탄이 발사되었다. 하나는 대전차용 철갑탄이었고, 하는 소이탄이었다. 다섯 놈이 동시에 쏘아대는 화력은 엄청났다. 맞으면 완전히 가루가 될 것이다.
"그거 하지 마. 헛짓이니까."
"뭐?"
준서는 한발도 맞지 않고 느릿하게 걸어 나갔다.
마치 총탄은 준서의 몸을 그냥 관통한 것처럼 보였다. 또 준서의 모습은 TV 화면이 전파 장애로 일그러지듯, 보였다가 사라졌다가를 반복했다. 그 탓에 총탄은 어마어마한 먼지를 일으키며 뒤쪽에 있는 건물을 뚫고 말았다.

"시간 컨트롤!"

"눈치챘나?"

다섯 놈은 중기관총을 던져버리고 등에서 거대한 창을 뽑아 들었다. 창집이 있었던 게 아니라 원래 몸체에 장착되어 있던 것이었다.

"그래. 그런 걸로 덤벼야 직접 상대해주지."

"건방진 인간!"

"인간이 우습게 보이나?"

"나약함의 집합체지."

"그래?"

준서는 늘어뜨렸던 군도를 슬쩍 들어 올렸다.

동시에 앞으로 한발 나아가며 헛소리를 지껄인 놈의 고글에 군도를 쑤셔 박았다. 푹! 고글 안쪽에서 파란 스파크가 일더니 놈이 뒤로 주춤거렸다. 좌우에서 거대한 창이 빗살처럼 쇄도했다. 군도를 뽑자 놈의 기계 눈깔이 딸려 나왔다. 준서는 군도를 좌우로 휘저어 검의 장막을 만들었다.

깡. 깡. 깡. 깡.

놈들의 창 공격은 준서가 만든 검의 장막을 뚫지 못했다. 귀청을 찢는 금속성과 함께 불꽃이 사방으로 튀었다. 공격을 했던 놈들이 기파에 의해 오히려 3미터 정도 밀려났다. 그 틈에 준서는 기계 눈깔이 뽑힌 놈의 몸통을 베어버렸다. 각종 전선들이 사람의 내장처럼 쏟아져 내렸다.

"이래도?"

놈이 흘러내리는 전선을 왼손으로 붙잡았다.

순간, 군도가 놈의 목을 뎅겅 쳐버렸다. 준서는 땅바닥에 뒹구는 머리통을 가리키며 물었다.

"이래도 인간이 우습게 보여?"

준서의 온몸에서 강한 살기가 폭사되었다. 준서는 군도를 콱 틀어쥐며 말했다.

"오늘, 한 놈도 살아 돌아가지 못한다."

*　　*　　*

나머지는 넷. 놈들은 파워를 풀로 끌어올려 공격을 개시했다.

"합공하라!"

강렬한 기운이 소용돌이치며 쇄도하던 네 자루의 창이 어지럽게 얽혔다. 준서는 여유로운 신법을 구사하며 군도로 궤적을 그렸다. 궤적의 끝은 네 놈의 목을 겨냥하고 있었다.

"죽여주마. 인간!"

"지랄."

번쩍!

한 놈의 목이 전광석화처럼 잘리며 머리통이 포물선을 그렸다. 목을 잃은 몸뚱이에서는 검은 액체가 콸콸 쏟아졌다. 준서가 재빨리 뒤로 빠지자, 두 놈의 스텝이 얽히며 놈들의 창이 목을 잃은 몸뚱이를 깊게 찔렀다. 양쪽에서 공격해온 놈들이 한곳에서 합쳐지는 순간이었다. 준서는 2미터 정도 솟구쳤다가 내려오는 탄력으로 군도를 힘껏 내리쳤다. 두 놈의 몸뚱이가 한칼에 두 동강이 났다. 펑 하는 폭음과 함께 놈들의 몸체에서는 검은 연기가 뭉글거렸다. 준서는 박살난 잔해들 앞으로 천천히 내려섰다.

'전부 다섯 놈이었는데……. 하나는 어디 갔지?'

준서가 뒤를 돌아보는 순간이었다. 성구의 다급한 외침이 들렸다.

"주, 준서야! 살려줘."

어느 틈엔가 마지막 놈이 슈퍼마켓 안으로 들어가 성구를 잡아온 것이었다.

"네 친구를 살리고 싶으면 검을 내려놔."

"고철 덩어리가 별짓을 다 배웠군."

"죽이겠다고 했다."

준서는 냉정하게 내뱉었다.

"죽여."

"……?"

"그렇게 하라고."

놈이 당황하자 준서는 더욱 냉정하게 말했다.

"아니면, 누구의 검이 빠른지 해보든가."

놈은 거대한 창을 머리 위로 치켜들었다가 내리치려 했다. 그 동작은 마치 필름이 저속으로 돌아가는 것처럼 느리게 보였다.

아니었다.

그것은 상대적으로 준서의 동작이 빛처럼 빨랐기에 일으킨 착시였다. 군도는 성구의 어깨를 빗살처럼 지나갔다. 그리고 검 끝은 놈의 목을 뚫고 뒷골로 빠져 나왔다. 파란 스파크가 빠지직거리며 군도의 검신을 휘감았다. 놈이 비틀대는 틈을 타 성구는 잽싸게 몸을 굴렸다.

"인간이 이렇게 빠를 수는 없어……."

퍽.

준서는 놈의 가슴을 발로 차며 군도를 뽑았다.

놈이 벌러덩 자빠지며 창을 떨어뜨렸다. 준서는 떨어지는 창을 받아들고는 거꾸로 쥐었다. 그리고 가슴에 수직으로 박아버렸다.

"기계 따위가 감히 인간을 판단해?"

쾅! 갑자기 폭발이 일어났다.

벽돌과 목재, 함석판, 유리, 가구들이 한꺼번에 사방으로 분출했다. 놈들이 발사한 소이탄에 의해 LPG가스가 폭발한 것 같았다. 마치 필름이 느리게 돌아가듯 집들이 천천히 무너져 내리기 시작했다. 집의 파편들이 나뭇가지에 걸리고, 땅바닥에 널브러졌다. 집들이 서 있던 곳에는 시커먼 흔적뿐이었다. 그곳에서는 불길도 없이 희뿌연 연기만 피어올랐다.

돌아보니 성구가 퉁퉁 부은 눈으로 쏘아보고 있었다.

"이 나쁜 새끼야."

"왜 그래?"

"죽이라며!"

"그냥 해본 소리야."

"저 고철 덩어리가 네가 시키는 대로 했으면 지금 난 뒈졌다는 거잖아."

"설마 내가 가만히 있었겠어?"

"정말이지?"

"봐. 이렇게 멀쩡하잖아. 결과적으론."

"결과적으론 그렇긴 한데……. 하여간, 나 뒈지는 줄 알았어. 심장이 쫄깃해졌다고."

"가자. 다들 기다리겠어."

성구가 슈퍼마켓으로 달려가 큰 비닐봉지 두 개를 들고 돌아왔다. 그리고 식료품이 든 봉지를 준서에게 건네주었다.

"너도 하나 들어. 무거워."

* * *

마을에서 돌아온 후, 준서는 슈퍼마켓에서 구한 식료품을 부엌에 갖다 놓았다. 성구는 비누, 치약과 칫솔, 구급상자, 휴대용 라이터, 양초, 휴지 등, 생필품을 풀어놓았다. 누나와 신우가 식료품들을 정리하여 냉장고에 넣었고, 미진이는 생필품을 정리했다. 아빠에게만 슬쩍 마을에서 있었던 일을 얘기했다.

"마을에서 폭도들을 봤어."

"그래?"

안드로이드라 말할 수는 없었다. 언젠가는 말해야겠지만 지금 당장은 아니었다. 혼란을 줄 것이기 때문이었다. 아빠가 걱정스러운 표정으로 말했다.

"흐음. 여기까지 퍼진 모양이구나. 그렇다면 펜션도 안전하다고 볼 수는 없겠어."

"그럴 거 같아."
"작전에 실패한 지휘관은 용서할 수 있어도 경계에 실패한 지휘관은 용서 못 한다고 했다."
아빠가 밤에 경계를 서기로 결정했다.
장소는 미리 정해둔 관측소였다. 저녁을 먹고 난 후, 먼저 준서와 성구는 경계를 나갔다. 성구는 나가자마자 졸기 시작했다. 준서는 홀로 깨어 그루터기에 걸터앉아 어둠을 응시했다. 그렇게 얼마나 시간이 지났을까.
"……?"
시커먼 물체들이 느릿느릿 도로를 따라 걷고 있는 게 보였다. 그것이 무엇인지. 왜 야행을 하는지 알 수 없었다. 피난 행렬일 가능성이 크다고 믿었다.
'피난 행렬이겠지?'
적외선 쌍안경으로 그들의 움직임을 주시했다.
잠시 바람이 나뭇가지를 흔들었다. 어둠은 바람과 같이 움직이는 성향이 강해 바람이 불 때마다 어둠이 밀려드는 기분이었다. 시야가 흐릿한 것 같았다. 준서는 쌍안경 렌즈를 닦고 다시 보았다. 그냥 지나쳐! 라고 속으로 외쳤지만 느릿하게 걷는 물체들이 방향을 도로 안쪽으로 꺾었다.
이런, 젠장!
올 것이 온 느낌이었다. 준서는 발로 툭툭 건드려 졸고 있는 성구를 깨웠다.
"으응. 왜?"

"쉿! 조용히 해."
성구를 깨운 후, 준서는 아빠에게 전화를 했다.
"아빠, 폭도들이 펜션 들어오는 길로 방향을 꺾었어."
[당장 안으로 들어와.]
준서는 성구와 자세를 낮추고 소리 없이 돌아갔다. 아빠가 가만히 문을 열어주었다. 누나가 불안한 표정으로 달려 나왔다.
"무슨 일이에요?"
"당신은 애들 데리고 거실로 들어가. 창문에서 떨어져 있고 절대 밖으로 나오면 안 돼."
"네. 그럴게요."
아빠가 K2 소총과 탄약통을 들고 나왔다.
그리고 능숙한 솜씨로 탄창을 장착했다. 철컥하고 금속과 금속이 연결되는 소리가 선명하게 들렸다. 아빠는 먼저 장착된 K2 소총을 준서와 성구에게 주었다. 성구는 잔뜩 겁먹은 표정으로 총을 받아 들었다.
"겁먹을 거 없다. 가늠쇠와 가늠자에 목표물을 조준하고 방아쇠만 당기면 된다."
성구는 자신 없게 대답했다.
"……네."

펜션의 모든 불을 끄고 테라스로 나갔다.
세 사람은 납작 엎드려 K2 소총을 길 쪽으로 겨누고 전방을 살폈다. 어둠에 적응된 동공에 놈들의 모습이 포착되기 시작했다.
폭도들이 꺾어 들어온 도로 안쪽으로는 펜션 몇 채가 있었다. 그들은

삼삼오오 흩어져 펜션을 향했다. 누군가를 찾는 느낌이었다. 준서는 본능적인 감각으로 생각했다.

저놈들이 찾는 게 난가?

잠시 후, 건너편 펜션에 불이 켜졌다. 폭도들은 잠들어 있던 젊은 커플들을 테라스로 끌고 나왔다. 그리고 군용 칼로 그들을 난도질 했다. 마치 제사의식을 치르듯, 젊은 커플들을 세워둔 채로 가죽을 벗기는 것이 보였다. 젊은 커플들의 처절한 비명이 어둠을 흔들었다.

개자식들!

피가 끓었다. 정말이지 눈이 뒤집힐 것 같았다.

"윤 선생!"

아빠와 얘기를 나눴던 중년 남자 셋이 펜션에서 빠져나와 텃밭을 가로질러 달려왔다. 그들을 발견한 폭도들이 뒤를 쫓았다. 그렇지만 움직임은 지옥의 입구를 서성거리는 좀비들처럼 느릿했다.

아빠가 목청껏 소리쳤다.

"빨리 달려요!"

아빠는 침착하게 총구를 겨누고 방아쇠를 당겼다.

탕.

너무 멀다 싶었지만 결과는 명중이었다.

한 놈이 앞으로 거꾸러졌다. 아빠는 차분하게 장전을 하고 겨누고 방아쇠를 당겼다. 아무런 감정이 없는 기계적인 반복행동이었다. 총소리는 폭도들을 불러 모았다. 얼추 백 명은 훨씬 넘어 보이는 폭도들이 죄다 방향을 이쪽으로 돌렸다.

"아들, 저 사람들을 엄호사격 해."

"어."

탕. 탕.

준서 역시 총을 쐈다. 그러나 놈들의 수가 워낙 많았다. 꽤나 여럿을 쓰러뜨렸지만, 숫자가 줄어든 기색은 없었다.

아빠가 총을 쏘며 소리쳤다.

"힘껏 달려요!"

성구가 용기를 내어 장전을 했다.

조심스럽게 총구를 겨누었다. 그러나 방아쇠를 당기지 못하고 있었다. 그러자 아빠가 한 마디를 했다.

"죽일 수 있을 때 죽이지 않으면 우리가 죽는다."

성구가 용기를 내어 방아쇠를 당겼다.

탕.

폭도 하나가 쓰러졌다. 워낙 밀집하고 있어서 사실 빗맞기도 어려웠다.

"마, 맞혔어요."

"잘했다."

성구가 갑자기 얼굴이 하얗게 질렸다.

"사람을 쐈어요. 제가요."

아빠는 계속 총을 쏘며 말했다.

"뒤를 돌아봐. 누가 있지?"

"미진이요."

"그래. 맞아. 우리가 싸우지 않으면 놈들은 먼저 우리를 죽일 거야. 그 다음에 누나하고, 신우하고, 미진이를 죽이겠지. 옆 펜션 젊은이들을 죽인 것처럼 말이야. 아직도 더 이유가 필요하니?"

성구가 약해진 마음을 다잡았다.

"아뇨. 싸울게요."

"싸워야 할 날은 오늘뿐이 아니다. 이 상황이 끝날 때까지 우리는 계속 싸워나가야 해."

"네."

전쟁터에서 병사의 마음을 헤아려준다는 것. 군대에서 아빠는 좋은 지휘관이었을 게 분명했다.

탕. 탕. 탕.

우리는 쉬지 않고 총질을 했다.

폭도들을 다 물리칠 수는 없었지만, 시간을 벌기에는 충분했다. 중년 남자들은 여유 있게 펜션에 도착했다. 아빠는 정문을 열어주었다. 그리고 모두가 힘을 합세하여 아까 준비해놓은 가구들로 정문을 틀어막았다.

"어서 들어오세요."

그들은 새하얗게 질려 숨을 거칠게 몰아쉬었다.

"헉헉. 고맙습니다. 윤 선생."

"더 올 사람이 있습니까?"

중년 남자가 뒤를 돌아봤다. 젊은 커플들을 의식한 것 같았다. 어떻게 되었을지는 빤한 일. 그가 어두운 안색으로 고개를 저었다.

"오지 못할 것 같소."

"다들 총은 쏠 줄 아시죠?"

“제대한 게 오래전이지만, 총도 못 쏘면 대한민국 남자겠습니까. 우리한테도 총을 주시오.”

제법 비장한 배불뚝이 아지씨들의 표정에 아빠는 고개를 끄덕였다.

“예. 함께 싸우시죠.”

*　　*　　*

서울 숲.

숲의 밤은 어둠 이상으로 어두웠다.

가까운 주상 복합 빌딩 위로 솟아오른 암회색 달빛이 숲을 밝히는 빛의 전부였다. 마른 나무들 사이로 토막 난 길들이 뻗어 있었다.

길은 텅 빈 채였다.

길 옆에는 아이들 공부를 위한 생태 연못이 있었는데, 시커먼 재에 뒤덮인 갈대들이 짐짝처럼 수면에 쓰러져 있었다. 고글을 쓴 폭도들은 숲 여기저기를 유령처럼 배회했다.

야외무대.

연맹마크가 선명한 피라미드 구조물이 세워져 있었다. 그것은 서기 2525년으로 이어지는 타임 게이트였다.

카잔스키는 거만한 표정으로 서울의 밤하늘을 올려다보고 있었다.

‘야만스러운 원시시대지만 공기는 탁월하게 좋군. 연맹으로부터 배급받는 공기와는 차원이 달라.’

카잔스키는 공기를 다 들여 마실 기세로 가슴을 열어젖혔다.

“후아.”

그때, 케빈과 퀸튼이 다가왔다.

"정보 팀장님. 준서가 있는 곳을 찾은 것 같습니다."

"어디야."

"서울 근교인 가평입니다."

케빈이 리모컨을 조작하여 롤스크린에 지도를 열었다. 그는 레이저 지시봉으로 가평휴게소 근처 펜션 단지를 가리켰다.

"현재 이곳에서 전투중입니다."

"TK—10은 몇 기나 출동했어? 폭도들만으로는 상대가 안 되잖아."

"열 기 정도입니다."

오리엔탈 익스프레스 730편에서 자신이 투입한 살인병기 R2를 전멸시킨 준서가 아니던가. 그것을 잘 아는 카잔스키는 단호하게 명령을 내렸다.

"그 정도로는 어림도 없어. TK—10을 전부 투입해. 당장!"

"알겠습니다."

케빈과 퀸튼이 돌아가자 카잔스키는 연맹 정보부를 연결했다. 롤스크린에 체호프의 모습이 잡혔다.

"무슨 일이지?"

"세인트존의 후계자를 찾았습니다."

체호프는 꽤나 흡족한 표정을 지었다.

"빨리 찾았군. 수고했어."

"별 말씀을요. 놈을 제거하고 보고 드리겠습니다."

"최상위 안드로이드인 제롬까지 해치운 놈이야. 각별히 조심해."

"알겠습니다."

체호프가 돌연 화제를 돌렸다.

"아참. 타임 게이트는 몇 개나 설치했지?"

"세계의 주요 도시 아홉 곳입니다."

"좋아. 아홉 개의 타임 게이트를 통해 정규군을 투입할 예정이니 그 전에 공간 이주를 준비해."

카잔스키는 롤스크린에 비친 체호프를 향해 허리를 깊이 숙였다.

"예. 준비하겠습니다."

잿빛의 낮은 구름들 너머 어딘가에 달이 있었다.

간신히 나무들을 알아볼 정도로 어두웠다. 어두운 숲을 헤치고 뭔가가 움직였다.

그것은 재민의 머리였다.

재민은 야외무대의 움직임을 주시하다가 짓밟힌 잿빛의 풀밭에 주저앉았다. 그리고 타다 남은 시커먼 나무에 등을 기댔다.

"타임 게이트가 열린다고? 여기까지 찾아온 보람이 있군. 이제야 연맹 본부를 구경해보는 건가?"

재민은 풀잎을 질겅질겅 씹다가 준서를 생각하며 쓴웃음을 지었다.

"괜찮은 녀석이라 생각한다. 그러나 미안하지만 말이다……. 이것만은 양보할 수가 없다. 너에겐 너의 시간이 중요하듯, 나에겐 나의 시간이 중요한 거 아니겠냐. 우리 표류자의 운명이 그래. 각자의 시간을 되찾기 위해 헤매게 되어 있지."

저벅. 마른 가지를 밟는 인기척에 재민은 어깨에 걸친 샤벨에 손을 얹었다.

재민은 낮지만 날카로운 목소리로 물었다.

"누구지?"

발걸음 소리의 주인은 자작나무 뒤 어둠 속으로 숨었다. 그리고 어둠 속에서 예상 밖의 질문이 되돌아왔다.

"너도 표류자인 모양이군."

재민이 물었다.

"그쪽은?"

"2103년에 표류되었지. 4대 곡물 메이저의 단합이 일어났던 해에."

"타임 게이트가 열리는 걸 알고 왔나?"

"물론이지. 나뿐만 아니라 꽤 많은 표류자들이 왔을걸? 20년 만에 타임 게이트가 열리는 거니까."

"이유는 상관하지 않겠어. 방해만 하지 않는다면."

"훗. 그건 내가 하고 싶은 말."

어둠 속의 목소리는 경고 비슷한 말을 남기고 숲 속으로 사라졌다.

재민은 그가 사라진 숲을 바라보며 눈매를 좁혔다.

'서로 도움이 될 거라 생각했는데, 어쩌면 오히려 피곤해지겠군.'

* * *

남자 셋이 합류하니 더 나았다.

셋이나 여섯이나 별 차이 없을 것 같지만 셋보다 훨씬 낫다. 심리적인 측면뿐만 아니라 실제 전력으로도 그렇다. 배불뚝이 아저씨들은 옛 군대 시절을 정확히 기억해낸 듯, 현역병으로 돌아온 것처럼 행동했다. 그들은 탄창을 결합하며 전의를 다졌다.

"대체 뭐하는 놈들이야? 서울에 난리가 났더니 이놈들 소행인가?"

"알 게 뭔가. 날 죽이려 달려들면 누구든 적이지."

"자네 말이 맞네. 뭐하는 놈들인지 모르지만 저것들은 오늘 잘못 걸렸네."

"내 말이."

탕. 탕. 탕.

배불뚝이 아저씨들은 전방을 향해 신나게 갈겨댔다.

탄창 속에 간간이 예광탄이 섞여 있었다. 예쁜 빛을 내며 날아가는 예광탄이 탄착군을 형성해 주었다.

"죽어라. 이놈들아!"

소대 탄약통을 두고 간 얼빠진 소대장 덕분에 탄약은 충분했다. 그 점은 다행이었다. 불행한 것은 세상과 완전히 동떨어져 누구의 도움도 받지 못한다는 점이었다.

하긴, 억울해할 것도 없다.

수많은 곳에서 이런 일이 벌어지고 있을 테니.

"이야. 예비군 훈련장 온 거 같다. 수류탄도 있는데?"

"이놈의 군대는 이십 년 전하고 달라진 게 없네."

"어서 와라. 떡 수류탄을 처먹여 줄 테니."

가까이 왔다. 느릿하게 움직이는 것 같았지만, 결국 폭도들은 펜션 10미터 전방까지 다가왔다.

배불뚝이 용사(?)들은 수류탄을 투척했다.

수류탄의 화력은 역시 상당했다. 굉음과 함께 폭도들이 무더기로 쓰러졌다.

"……?"

붉은 수도복을 입은 자들이 준서의 눈에 들어왔다.

마을에서 만난 안드로이드와 같은 종류다. 어둠 속이었지만 놈들은 확연히 눈에 띄었다. 수류탄을 맞고도 쓰러지지 않았기에. 그걸 본 아빠의 눈이 휘둥그레졌다.

"뭐야. 저놈들은 왜 수류탄을 맞고도 안 쓰러지지?"

이젠 어쩔 수 없다. 사실대로 말하는 수밖에.

"아빠, 방수포를 입은 놈들하고 붉은 수도복을 입은 놈들은 달라."

"뭐가."

"믿기지 않겠지만 붉은 수도복을 입은 놈들은 안드로이드야."

"안드로이드가 뭐야. 로봇?"

"어."

"로봇이라니. 그게 뭔 뚱딴지같은 소리야."

"정 못 믿겠으면 아빠가 직접 확인해봐."

아빠는 직접 확인하려고 붉은 수도복을 입은 폭도를 조준사격 했다. 예상대로 총알은 튕겨나갔고, 놈은 쓰러지지 않았다.

"뭐냐. 저놈. 정말 로봇인 거냐?"

"어. 나중에 설명할게. 일단 저놈들을 조심해야 해."

"넌 어떻게 아는데?"

"그것도 나중에 설명할게."

"저런 것들이 왜 우리를 공격하는데?"

"나 때문에."

"좋아. 설명은 나중에 듣자."

폭도들이 좀비와 다른 점이 있었다.

그래도 머리를 쓴다는 점이다. 높이 때문에 담벼락을 넘을 수가 없자, 놈들은 죽은 동료들의 시체를 담벼락 밑에 쌓기 시작했다. 죽은 동료의 시체를 발판으로 담벼락을 넘어 공격하겠다는 의도인 것이다. 무엇이 저들을 이토록 공격적으로 만드는 것인지, 어떻게 사람의 뇌를 조정한 것인지…….

연맹 지도부의 잔인함에 정말 치가 떨렸다.

지독한 놈들.

Chapter 10
로드 킬(road kill)

폭도들은 죽은 동료의 시신을 둘러메고 담벼락으로 달려왔다. 오는 도중 총에 맞아 죽는 놈들도 있었지만, 시신을 방패로 삼아 희생은 줄어갔다.

"시체를 철조망에 널어라."

누군가가 외치자 폭도들은 시신들을 던져 철조망에 걸었다. 어느새 차곡차곡 쌓인 시신들이 담벼락 높이에 근접하고 있었다. 몇 놈이 시신을 타고 올라와 철조망을 넘으려 했다. 깨진 유리 조각에 팔뚝을 베여 피가 뚝뚝 흘렀지만, 그들은 고통을 느끼지 못하는 듯했다. 배불뚝이 아저씨들이 개머리판으로 찍었으나 그들은 철조망을 붙잡고 떨어지질 않았다.

"지독한 놈들."

배불뚝이 아저씨들은 폭도의 얼굴에 총구를 대고 방아쇠를 당겼다. 탕. 놈들의 얼굴 반쪽이 날아가며 핏물과 뇌수가 튀었다.

"무기도 없는 놈들이 쉴 새 없이 몰려오는군."

"잡히지 말게. 잡히면 끝일세."

"당연하지. 아들놈 중간고사 잘 보면 스마트폰 바꿔주기로 했는데, 여기서 저놈들한테 뜯겨 죽을 수는 없지."

"젠장. 이럴 줄 알았으면 마누라한테 좀 잘해줄 걸."

"살아서 돌아가면 잘해주라고."

"그래. 명품 백 하나 사줄 거다."

놈들의 숫자가 워낙 많았다.

어디서 몰려오는 건지 알 길이 없었다. 쓰러지면 또 몰려오고, 쓰러지면 또 몰려왔다. 공격의 행렬이 잠시 끊겼을 때였다. 싸움도 어느 정도 이력이 붙어 배불뚝이 아저씨들은 담벼락에 기대 숨을 골랐다.

준서는 뜬금없이 그런 생각이 들었다.

아빠는 어떻게 이리도 침착할까.

"아빠는 당혹스럽지 않아?"

"왜 아냐. 당혹스럽지."

"그런데 차분해 보여. 평소 아빠답지 않게."

"아빠는 말이지……."

"어."

"그날 이후로 세상에는 별로 놀랄 만한 일이 없다는 걸 깨달았어."

"엄마가 돌아가신 날?"

"응."

곤란해 할 걸 알면서도 준서는 조심스럽게 물어보았다.

"그날 뭐했어?"

아빠는 준서의 속마음을 알고 있었다.

"왜 엄마를 혼자 보냈냐고 묻고 싶은 거지? 원망도 하고 싶은 거고."

준서는 가만히 고개를 끄덕였다.

"솔직히 말하면."

아빠는 사람 좋은 표정으로 웃었다.

"너한테서 엄마를 뺏은 건 아빠다. 무슨 말을 하든 변명이겠지. 내 잘못이다."

준서는 괜스레 미안했다.

"이제 와서 아빠를 탓하려는 게 아니고. 그냥 궁금했었어. 늘."

"결국, 이렇게 했으면 이렇게 되었을 텐데, 라는 가정법이잖아. 아쉬워서 하는 말일 거고. 사람이 살아가는 방법 중에 달라지는 게 없다면, 궁금해하지 않고 사는 방법도 있다."

"그렇게 생각하면 마음이 좀 편해?"

아빠는 고백 비슷한 말을 했다.

"네 마음 이해하는데, 그런데 그거 아냐? 네 엄마이기 훨씬 전부터 내가 사랑했던 여자라는 거? 그것도 오래도록 말이야. 네가 신우를 만나 켜켜이 추억을 쌓아가듯, 나한테도 그런 세월이 있었고, 그 세월이 무엇보다 소중하다."

……그랬었나.

그때였다. 아빠의 어깨너머로 붉은 수도복을 입은 놈들이 펜션 뒤편으로 돌아가는 것이 보였다.

'여자들이 위험하다.'

"아빠, 잠깐만."

준서는 거실로 뛰어 들어가며 재빨리 군도를 소환했다. 누나, 신우, 미진, 지아는 페치카 옆에 모여 있었다. 준서는 자세를 낮추며 주위를 살폈다.

"다들 거기 가만히 있어요."

쨍그랑. 커다란 고글, 마스크, 붉은 수도복을 두른 놈이 거실 유리문을 깨고 뛰어 들어왔다. 현관과 이 층 계단에서도 들이닥쳤다. 먼저 두 놈이 여자들을 향해 달려들었다.

"꺄악!"

"애들아. 이리와."

누나는 신우와 미진, 지아를 꼭 끌어안았다.

방향, 빠르기, 움직이는 동선으로 보아 안드로이드가 분명했다. 준서의 왼손이 까닥하고 움직였다. 준서가 날린 건 탁자 위에 있던 단검이었다. 손목 스냅만으로 날린 것이 거실 창문을 깨고 들어오던 놈의 목에 가서 박혔다.

"컥!"

흘러나온 전류 때문에 단검에서는 파란 스파크가 일었다. 준서는 득달같이 달려가 군도로 목을 뎅겅 쳐버렸다.

"꺼져!"

잘려 나간 머리통이 통하고 바닥에 떨어졌다.

뒤쪽에서 윙하고 드릴이 돌아가는 소리가 들렸다. 준서는 몸을 붕하

고 허공으로 띄웠다.

현관으로 들어와 돌진하던 안드로이드가 휘두른 드릴이 허공을 갈랐다. 준서는 옆으로 내려심과 동시에 페치카의 불쏘시개를 들어 놈의 관자놀이에 박아버렸다.

콱!

관자놀이에서는 다른 안드로이드와 마찬가지로 검은 액체가 흘러나왔다. 준서는 군도를 들어 놈의 어깨를 내리쳤다. 군도는 안드로이드의 어깨에서부터 옆구리까지 베어버렸다. 정밀한 기계 장치와 복잡한 전선들이 내장처럼 쏟아졌다. 여자들이 여기 있는 건 위험천만한 일이었다.

"누나, 주차장으로 가서 차 시동 걸어."

"알았어."

"신우야, 애들 데리고 누나 따라가."

신우는 지아의 손목을 잡고 일어섰다.

"응."

몇 놈이나 박살 낸 건지.

금속 껍데기의 잔해, 각종 전선과 알루미늄 갈비뼈, 바퀴와 계전기, 모터와 금속 막대, 검은 기름이 어지럽게 널려져 거실은 폐차 처리장을 방불케 했다.

테라스에서 놈들을 막던 아빠가 거실로 들어왔다.

"로봇 맞구나."

아빠는 준서의 손에 들린 군도를 보며 말했다.

"네 말대로 설명은 나중에 듣고 나가서 아저씨들을 돕자."

"어."

*　　*　　*

치열한 싸움이 다시 시작되었다.

한참을 싸우다가 아빠가 중요한 사실을 발견했다. 뇌를 지배당한 나머지 저놈들의 운동 능력이 현저히 떨어진다는 사실이었다. 이를테면 달리는 능력 같은 건데, 저놈들은 전혀 달리지 못하고 있다는 거다. 그렇다면 대뇌의 운동 영역에 손상을 받았거나 소뇌의 명령 체계에 이상이 발생해 미세한 움직임을 못하는 게 분명했다.

아빠가 근접한 놈들부터 쏘라고 지시했다.

앞쪽부터 먼저 쓰러지면, 뒤에 오던 놈들이 동료의 발에 걸려 넘어지거나 속도가 느려질 것이라 판단했기 때문이었다.

신중하게 조준을 하여 부채꼴 모양으로 사격을 해댔다.

아빠의 예상은 적중했다.

그득히 쌓여 있는 시체들에 걸려 놈들은 비틀거렸다. 효과를 본 셈인 것이다. 다들 가급적 머리를 노리고 총을 갈겼다. 머리를 정확히 맞추기는 쉽지 않았다. 열 발 쏘면, 거의 빗나가고 겨우 서너 발이 적중했을 뿐이었다. 누군가 자조적으로 투덜거렸다.

"우리는 프로가 아니니까."

연기가 자욱했고, 화약 냄새가 매캐했다.

"적의 집중력을 끊는 건 전술의 기본이지."

아빠가 문득 혼잣말처럼 중얼거리다가 준서의 어깨를 툭 쳤다.

"좋은 생각이 있다. 아들, 따라와라."

"……?"

배불뚝이 아저씨 하나가 물었다.

"윤 선생. 어디 가시려고?"

"저놈들의 허리를 끊을 작정입니다. 세 분이서 조금만 버텨주시죠."

"알겠소."

아빠는 창고에 있는 휘발유 통을 다 들고 나와서 펜션 뒤쪽에 있는 쪽문으로 나와 관측소로 향했다. 관측소에서 보니 국도에서 펜션 단지로 들어오는 길에 폭도들이 꾸역꾸역 밀려들고 있었다. 그나마 다행인 것은 그것이 전부라서 더 이상의 행렬은 없었다는 점이었다.

"아들, 마른 관목 숲에 휘발유를 뿌려."

"어."

아빠의 의도를 알 것 같았다. 관측소로 유도하고 불을 지르겠다는 것이다. 준서는 휘발유 4통을 골고루 뿌렸다.

"자, 이제 떡밥을 뿌렸으니 낚시를 해볼까?"

아빠는 신중하게 조준하여 방아쇠를 당겼다.

탕.

폭도 하나의 머리통이 날아갔다.

순간, 다른 폭도들이 관측소 쪽을 올려다보았다. 준서도 방아쇠를 당겼다. 몇 놈이 쓰러지자 폭도들이 반응을 보였다. 자기들을 공격한 방향을 슬쩍 올려다보더니 산허리 능선을 기어오르기 시작한 것이다.

"됐다. 가자."

"응."

산허리를 기어 올라가는 놈들은 굶주린 들개 떼 같았다. 아빠는 산

밑으로 내려와 몸을 숨긴 다음, 들개 떼처럼 모여 있는 놈들을 향해 총을 갈겼다.

쉭! 하는 소리와 함께 휘발유에 불이 붙었다.

불길은 휘발유가 뿌려진 관목을 따라 번져갔다. 불길의 속도는 매우 빨랐다. 폭도들도 그것을 보았다. 주변을 돌아보더니 움찔하는 듯했다. 그러나 운동 능력이 떨어진 터라 빠르게 대처하지 못했다. 불길은 폭도들의 몸을 타고 올라갔다.

화르륵.

산은 거대한 불길에 휩싸였다.

불길에 휩싸여 허우적대다가 마치 불붙은 덤불처럼 굴러떨어졌다. 몇몇은 불에 붙은 몸으로 계속 펜션을 향해 걸어왔다. 그들에게는 여지없이 총알 세례가 퍼부어졌다.

"병력을 중간에 끊었습니다."

"대단하구려. 윤 선생."

"이제 눈앞에 보이는 것들만 처치하면 될 것입니다."

"흠. 그렇다면 싸워 볼만 하겠구려."

철조망을 기어 올라오는 놈이 여섯 발의 총알로 벌집이 되었다. 어떤 놈은 머리가 박살 나고, 어떤 놈은 총알에 심장을 관통 당했다. 뇌를 지배당한 폭도들은 껍데기만 남은 병정들 같았다. 숫자가 턱없이 부족하여 누가 봐도 열세였지만, 전투 안드로이드 TK—10의 지원을 받지 못한 폭도들은 무기력했다. 펜션 담벼락까지 접근했던 폭도들은 이제 남아 있지 않았다.

멀리 들판을 서성이는 몇몇만이 보였다.

다들 조준 사격을 했다. 총알이 납작하게 허공을 가르고 회색 연기가 뒤를 좇았다. 텃밭 쪽에 서 있던 무리들이 총에 맞아 옆으로 쓰러졌다. 쏘고, 부수고, 자르고, 베고, 찌르고, 처절한 싸움이 끝난 건 새벽이 오기 전이었다.

끝났나?

어느 순간에 총성이 멎어 있었다.

선선한 어둠에 감싸인 강물이 가장자리에 포말을 일으켰다. 배불뚝이 아저씨들이 숨을 가쁘게 몰아쉬었다.

"우리 살아남은 거야?"

"완전히 죽는 줄 알았다니까."

"살다 보니 별일이 다 있네."

*　　*　　*

감시국(監視局—IMS) 상황실.

대통령 주재 하에 전군 지휘관 회의가 소집되었다.

국방부 장관, 육, 해, 공군 참모총장을 비롯한 각 부대 지휘관들은 기동타격대장 김진호가 죽음으로 지켜준 영상 자료를 모니터링 했다. 아케론이 피라미드 건축물을 보며 설명했다.

"화면에 보이는 저것이 타임 게이트요. 물질을 통과시킬 수 있는 에너지장이 형성되면 연맹은 기갑 부대를 보낼 것이오. 그들의 주력 병기는 TK—100이라는 전투 로봇으로, 놈의 역장포의 화력은 여러분이 상상

할 수 없소. 아마 십 기만 와도 서울은 완전히 폐허가 될 것이오. 에너지장이 형성되기 전에 타임 게이트를 파괴하는 것이 가장 효과적인 방법이오."

대통령이 국방부 장관에게 물었다.

"장관, 어떤 방법이 좋겠소?"

국방부 장관이 의견을 제시했다.

"육군이 서울을 봉쇄하고 타임 게이트 격파는 공군이 나서는 게 좋겠습니다."

지휘관회의 결정은 각 부대로 타전되었다.

각 부대의 움직임은 신속했다. 명령이 하달된 지 30분 후에는 수도방위 사령부 직할 부대인 방공 여단, 제1경비단, 전차대대, 군수 지원단, 헌병대 등이 서울 외곽의 주요 도로를 차단했다는 보고가 들어왔고, 1시간 후에는 예하 부대인 56사단, 71사단, 30사단 등이 서울 외곽에 도착했다는 보고가 들어왔다.

육군 참모총장이 말했다.

"준비 완료했습니다."

공군 참모총장도 대통령에게 고했다.

"출격 준비 되었습니다."

대통령이 국정원장에게 물었다.

"폭도가 몇이나 된다고 했습니까?"

"백만 명 정도로 추산하고 있습니다."

"그들도 시민이었어요. 그들이 정상으로 돌아올 확률은 없습니까?"

"불행하게도 없습니다."

공군 참모총장이 목소리에 힘을 주었다.

"대통령님. 그들보다 정상적인 시민이 훨씬 많습니다. 우리가 살려야 할 사람들은 폭도가 아니라 정상적인 시민입니다."

"알고 있어요. 정상적인 시민들은 안전한 곳으로 대피했나요?"

"대부분 서울 밖으로 대피했습니다만. 남아 있는 시민들도 있는 것으로 보입니다. 현재 보급 헬기로 식량과 약품을 투하하고 있습니다."

"일반 시민들이 희생되지 않도록 조심하세요."

"예. 대통령님."

* * *

멀리 산자락이 푸른빛으로 물들었다.

동이 트기 시작한 것이다.

아침이 되자, 폭도들의 시신을 피해 들판으로 나갔다.

배불뚝이 아저씨들이 짚불을 피워 그 위에 라면을 끓였다. 누나는 돗자리를 깔고 마늘 햄과 오이, 딸기잼을 이용해 샌드위치를 만들었다.

라면에 샌드위치라니.

생각해보면 이상한 조합이긴 하지만, 먹어보지 않으면 모른다. 황량한 들판에서 먹는 맛은 정말 기가 막혔다. 특히 배불뚝이 아저씨들의 식성과 적응력은 대단했다. 고체 연료를 쓰는 캠핑용 화로를 이용해 커피도 끓였다. 지옥 같은 환경이지만, 사람에게 먹는다는 것은 큰 의미가 있었다. 입에 안 들어갈 것 같은 음식들도 막상 먹고 나니 새로운 활력과 의욕이 샘솟았다.

“근데, 대통령은 뭐 하는 거여. 나라가 생지옥이 되었는데, 코빼기도 안 비치고. 사람들 다 죽게 내버려둘 건가?”

“설마 그러기야 하겠어. 뭔 생각이 있겠지.”

“하여간 서울로 들어가 보면 알겠지.”

아빠가 그들 얘기에 끼어들었다.

“서울은 들어가지 않는 게 좋습니다. 다들 서울을 빠져나오지 않습니까. 그만큼 위험하다는 뜻입니다.”

“군대도 투입되었으니 폭도들도 잠잠해졌을 거요. 걱정 마시오. 윤 선생.”

“안전한 걸 확인하고 가도 늦지 않을 텐데요.”

“마누라랑 새끼들이 있는데 안 갈 수 있겠소?”

배불뚝이 아저씨들은 아무리 위험할지라도 가야 한다고…… 그렇게 고집을 피웠다.

이유는 처자식 때문이었다.

소중한 사람들을 찾아간다는데 무슨 말을 하겠는가.

아빠는 말을 잇지 못하고 입을 다물었다. 소중한 사람들과 헤어진 것은 아저씨들만이 아닐 것이었다. 지금 이 순간에도 수많은 사람들이 지옥이 되어버린 서울에서 누군가를 찾아 헤매고 다닐 것이었다.

특이한 아침 식사를 한 후, 준서와 신우는 강가를 거닐었다. 바람이 불지 않는 탓에 물비린내가 코뿐만 아니라 피부에 느껴질 정도로 강했다. 신우는 걸으며 강물 건너편, 볼록하게 솟은 초록빛 산에 시선을 두고 있었다. 표정을 보면 알 수 있었다. 세상이 폐허가 될 거라고 했던 말을 이제 받아들이는 듯했다.

사실 그렇다.

어젯밤처럼 끔찍한 경험을 하고 나면 누구라도 믿을 것이다. 햇빛에 반짝이는 강물을 보며 문득 생각했다. 어젯밤의 폭도들은 혹시 나를 노린 게 분명하다. 그렇다면 펜션에 있다는 걸 어떻게 안 걸까.

"네 말대로 세상은 폐허가 되어가나 봐."

"……."

"미쳐가고, 서로 싸우고, 죽이고, 이러다 나중에는 누가 남을까."

"막아야지."

"상관없어. 네 곁에 있으면. 지구의 마지막 햇볕을 네 옆에서 볼 거야. 그거면 족해. 나는."

"그런 일은 생기지 않아. 내가 막을 거니까."

띠—링. 문자가 왔다.

신우 아빠에게 온 문자였다. 신우는 메시지 창을 열어 문자를 읽었다. 한 줄 한 줄 읽어나가던 신우의 콧등이 붉어졌다. 무슨 일이지?

[신우야. 아빠와 엄마는 지금 홋카이도의 안보 회의장에 와있다. 서울의 상황이 좋질 않다는 얘기를 들었다. 이럴 줄 알았으면 너를 데려올 걸 그랬구나. 사람들은 그저 바이러스에 의한 폭동인 줄 알고 있지만, 나는 알고 있단다. 사태가 그보다 훨씬 심각하다는 것을. 경호실장과 통화를 했더니 너는 나가고 없다더구나. 아빠와 엄마는 크게 후회하고 있다. 일을 핑계로 너한테 너무 무심했던 점을. 내가 얼마나 바보였는지 집으로 돌아가면 꼭 증명해 보일 거다. 지금 네가 어디 있는지 모르겠다

만, 이 메시지를 받는 대로 즉시 외교부로 피하거라.]

읽는 도중에 신우는 문자를 보냈다.

[남자 친구 가족과 같이 있어요. 안전하니 걱정 마세요. 나중에 돌아갈게요.]

[아아, 그렇다면 다행이구나. 네 문자를 보니 크게 안심이 된다. 어딘지 모르겠지만 세상이 안전해지면, 아빠가 네게 알려주마. 내 딸, 많이 사랑한다. 아빠가.]

신우가 핸드폰을 멍하니 바라보다가 와락 준서를 안았다. 신우는 안긴 채로 오열했고, 준서는 신우의 머리칼을 쓰다듬어주었다. 그렇게 얼마나 울었을까. 신우의 어깨가 떨림을 멈췄을 때, 그제야 준서는 조심스레 물었다.

"괜찮아?"

"응."

"이제 가자."

산책에서 돌아오자, 식사를 마친 배불뚝이 아저씨들이 일어났다.

"윤 선생. 고마웠소. 우리는 이제 가보겠소."

아빠가 물었다.

"정말 서울로 가실 겁니까?"

"아무리 위험해도 그래야하지 않겠소?"

"알겠습니다. 그럼, 행운을 빌겠습니다."

"고맙소."

지금의 서울은 극도로 위험했다.

돌아가도 그들의 '스위트 홈'은 이미 폐허가 되었을지도 모르는 일이었다. 하지만 아무리 위험해도 그들은 갈 것이다.

그곳에 소중한 가족이 남아 있기에…….

떠나는 배불뚝이 아저씨들의 뒷모습은 쓸쓸했다. 떠나는 그들을 지켜보는 우리의 모습도 쓸쓸했을지도 몰랐다.

어찌 됐건 그들은, 오늘만큼은 용사였다.

우리는 용사들의 차량이 보이지 않을 때까지 서 있었다. 전봇대가 서 있는 모퉁이에서 차량은 시야에서 완전히 사라져갔다.

그때, 멀리서 불안한 소리가 들렸다.

시끄럽고 거칠고 위협적인 소리였다. 우리는 고개를 들어 하늘을 올려다보았다. 불안한 소리를 낸 물체는 헬리콥터였다. 90초쯤 뒤에 빠르고 무시무시한 제트기 편대가 굉음을 내며 헬리콥터가 간 방향으로 날아갔다.

방향은 서울이었다.

이제 서울은 어떻게 될까.

걱정이 아닐 수 없었다.

*　　*　　*

펜션 타운은 토네이도가 휩쓸고 지나간 미국 중부의 한 마을처럼 폐허가 되고 말았다.

'어떻게 알고 전투 안드로이드를 보냈는지 모르겠지만……. 아니, 연맹은 분명 우리의 위치를 알고 있다.'

세상 어디에도 안전한 곳은 없다, 라는 생각이 뇌리를 짓눌렀다. 더 이상 펜션에 머무를 수는 없었다. 어젯밤 같은 끔찍한 상황을 겪고도 여기에 남아 있을 사람이 있을까. 지금도 말하지만 살아 있는 게 다행이다. 아빠는 주차장 문을 열고 차를 출발시켰다. 펜션 타운을 벗어나고 마을을 지나칠 때까지 아무도 말을 하지 않았다.

차 안의 공기가 무거워 준서는 유리창을 조금 열었다.

산에서 불어오는 바람 속에 아카시아 꽃냄새가 자욱했다. 신우가 아카시아 꽃냄새가 들어오는 차창 쪽으로 고개를 돌렸다.

우리는 어디로 가야 할까.

마땅히 갈 곳이 없었다.

어디로 가야할지 몰랐지만, 차는 진홍빛 국도를 천천히 달렸다. 일단 큰 길로 나가는 게 아빠의 생각인 듯했다.

아빠가 뜬금없이 바다 얘기를 꺼냈다.

"바다 보러 가자."

아빠의 뜬금없는 제안에 잠시 서로를 쳐다보았다. 그러면서도 다들 푸른 바다를 머릿속에 떠올린 모양이었다. 표정이 조금씩 밝아졌다.

"시원하게 바다나 보는 거지."

아빠가 누나에게 의견을 구했다.

"어때?"

누나는 웃으며 고개를 끄덕였다.

"저야. 당신 말을 따르죠."

아빠는 애들에게도 의견을 구했다.

"니들은 어때?"

다들 흔쾌히 대답했다.

"좋아요."

아빠는 바다를 보러가려는 이유를 나름대로 정리했다.

"지금은 복잡하게 생각할 거 없어. 세상이 정상으로 돌아올 때까지 기다리는 수밖에. 나는 휴가 받았다고 생각하고, 니들은 방학했다고 생각해. 그리고 당신은 나랑 여행 간다고 생각하면 돼. 이런 기회가 흔하냐? 안 그래, 아들?"

"그래."

"좋아. 출발!"

아빠는 거침없이 내비게이션을 영동고속도로로 찍었다.

가만히 생각해보았다.

이 내비게이션은 언제까지 작동할까.

GPS 위성이야 지구 궤도를 영원히 돌겠지만, 그걸 관리하는 사람이 없어지면 결국 내비게이션도 작동을 멈추는 게 아닐까. TV나 라디오 방송도 마찬가지일 것이다. 사람이 없어지면 모든 게 멈추겠지. 그때가 되면 정말 세상에 홀로 버려진 듯한 생각이 들 것 같았다.

벤츠 스프린터가 3800rpm을 자랑하며 바람처럼 달렸다.

"저기 좀 보세요."

누나가 도로 옆 숲을 가리켰다. 오전 내내 낀 안개 사이로 해가 나오자, 길가에 걸어 다니는 폭도들이 드문드문 보였다. 아빠가 고개를 갸웃거렸다.

"어떻게 여기까지 왔지?"

자신들을 조정했던 안드로이드가 파괴되자, 놈들은 명령 체계를 잃고 방황하다가 여기까지 걸어온 게 아닌가 싶었다. 그래도 공격 본능은 살아 있어 느릿하게 움직이다가도 차량만 지나가면 달려들었다.

쾅.

지나가던 차량은 폭도를 그대로 받아버렸다.

폭도가 공중에 붕 떴다가 중앙분리대 쪽으로 튕겨져 나갔다. 폭도의 머리가 중앙분리대에 부딪치며 바스러졌다. 중앙분리대에는 검붉은 핏물이 쫙 뿌려졌다. 신우와 미진이 동시에 인상을 찡그리며 고개를 돌렸다.

누나는 얼른 지아의 눈을 가렸다.

"지아야. 보지 마."

로드 킬(road kill).

고라니 같은 동물들이 길바닥에 나왔다가 자동차에 치여 죽은 걸 뜻하는 말이다. 하지만 길바닥에서 죽는 것이 어디 고라니뿐이겠는가. 오늘도 폭도들은 죽은 심장으로 걸어 다녔다. 마음이 찝찝했던 모양, 아빠가 제일 바깥으로 차선을 바꿨다.

"가까운 휴게소라도 들르자."

"그래요."

휴게소 곳곳에 경찰과 무장한 군인들이 보였다.

전에는 볼 수 없었던 진풍경이다.

덕분에 폭도들은 코빼기도 보이질 않았다. 한적한 시골 구석에 가면 폭도들이 좀비처럼 돌아다닌다고, 가서 처리 좀 하라는 말도 나오질 않았다. 휴게소만 해도 고양이 손이라도 빌려야 할 정도로 바빴고, 설사 바쁘지 않더라도 선뜻 가지는 않을 것이다. 폭도와 마주치고 싶은 사람은 아무도 없을 테니까.

일병 계급장을 단 군인이 휴게소 입구에서 안내를 했다.

"지금 막 오신 분들은 다들 의무실로 가세요."

휴게소에 도착한 사람들은 모두 의무실로 가서 약을 처방받아 복용해야 했다. 이는 강제 사항이었다. 이를 거부하면 비상시국법에 의해 체포되게 되어 있었다.

휴게소에 도착한 사람들은 먼저 와 있는 사람들을 보며 무척 반가워했다. 사람이 사람을 반가워하는 모습을 본 것은 처음이었다. 경찰과 군인이 질서를 정리하자, 사람들은 심리적 안정감을 찾는 듯했다. 대형마트에서 보았던, 극도의 불안 심리에서 오는 폭력 사태는 일어나지 않았다.

신우가 갈증이 나는 모양이었다.

"커피 마시고 싶어."

"슈퍼로 가자."

준서는 신우를 데리고 휴게소 슈퍼로 갔다.

휴게소 슈퍼에서 파는 물건은 한 품목에 1인당 1개로 한정되어 있었다. 계산대 앞에서 신우가 혀를 삐죽 내밀었다.

"헐. 캔 커피가 한 개에 만원이래."

계산원은 물건이 들어오질 않아 비싸다고 설명했다. 그나마 남은 것도 별로 없다고.

"어쩔 수 없잖아."

주요 고속도로와 국도는 경찰과 군대가 장악한 상태였다. 그 때문에 물건 값은 폭등을 했지만 질서는 그럭저럭 유지되었다. 그러나 그 외에 지방도로는 공권력이 미치지 못할 것이었다.

우리는 다시 출발했다.

방송을 하는 채널이 있나 싶어서 TV와 라디오를 틀어보았다. AM 채널에서 교육 방송 라디오가 잡혔다. AM 방식이 FM 방식보다 더 멀리 전파되기 때문인 듯했다.

—재난 지역으로 선포되었던 '서울 숲'에 위수령(衛戍令—육군부대가 계속 한 지역에 주둔하여 그 지역의 경비와 질서유지, 군기의 감시와 군에 딸린 건축물이나 시설물을 보호할 것을 규정한 대통령령)이 내려졌습니다. 이는 오늘 아침 대통령 주재 전군 지휘관 회의의 결과로, 더불어 전국에는 비상 계엄령이 내려졌습니다. 그리고 수도방위 사령관을 서울 지역 계엄 사령관으로 임명하였습니다. 이로써 전국의 치안은 경찰 대신 군인이 맡게 되었습니다. 보건 복지부는 바이러스의 증상이 난폭하고 치명적이니 국민 여러분께서는 정부의 지시에 잘 따라야 한다고 말했습니다. 또 위수령이 내려진 '서울 숲'에서 중대한 작전이 실시될 예정이니 인근에 생존해 있는 시민들은 군부에서 지정한 대피소로 옮겨줄 것을 국방부 대변인은 간곡히 당부했습니다.

젠장. 조금도 나아지질 않았다.

뉴스 내용으로 보자면 나아지기는커녕 오히려 악화된 상황이다.

* * *

D+21. 서울. 현재.

전투기동 헬기들이 서울의 상공을 장악했다.

보급헬기들은 시내 곳곳에 비상식량과 약품을 투하했고, 구조 헬기들은 각 건물의 옥상에 모인 시민들을 구조했다. 감시국 상황실에서는 공군의 작전 상황을 일일이 모니터링했다. 미국 감시국과 정보를 교환하던 직원이 얼굴이 하얗게 질려 달려 올라왔다.

"긴급 상황입니다. 미국에서……."

직원이 말을 잇지 못하자 강신철이 재촉했다.

"미국에서 어쨌다는 거야. 빨리 말을 해봐."

"핵탄두를 사용했다고 합니다."

"……!"

상황실은 얼어붙은 듯 잠시 정적이 감돌았다.

강신철은 물론, 대통령도 수도방위 사령관도 다른 감시국 직원들로 놀라 말을 하지 못했다. 아케론만이 예상했다는 듯 눈을 지그시 감고 있었다. 대통령이 마음을 다잡고 물었다.

"사실인가."

"예. 대통령님. 영상 자료를 보내왔습니다."

"볼 수 있겠나?"

"바로 틀겠습니다."

상황실 전면 모니터에 미국의 한 장소가 떴다.

화면에 보이는 장소는 워싱턴 DC에서 멀지 않은 버지니아 주(州) 블루리지 산맥이었다. 그 아래로는 새난도어 국립공원의 풍광이 아름답게 펼쳐져 있었다. 문제는 국립공원 안을 가득 채운 수십만 명의 폭도들이었다. 서울은 비교도 되지 않았다. 폭도들은 정말 새까맣게 몰려들어 있었다. 폭도들이 운집한 정문 중앙에는 피라미드 건축물이 세워져 있었다. 그걸 발견한 강신철이 아케론에게 물었다.

"타임 게이트 아닙니까?"

"맞네."

"저걸 부수려고 핵을 쓰는 거군요."

"그렇지. 더 늦기 전에 손을 썼어야 했는데, 미국 같은 경우는 너무 늦은 케이스일세."

대통령이 물었다.

"알고 계십니까?"

아케론은 가라앉은 목소리로 대답했다.

"난 후세 사람이니 당연히 알고 있습니다. 저곳을 당신들은 국립공원이라 부르지만, 우리는 오염지구라 부르지요."

막 미국의 대통령이 화면에 모습을 드러냈다. 그는 침통한 음성으로 국민담화문을 읽었다.

"국민 여러분, 저는 오늘 비극적인 의사 결정을 내렸습니다. 폭도들이 점거하고 있는 주요 지역에 전략적 핵탄두 사용을 허가한 것입니다. 오늘 중앙 표준시 오후 17시 30분경 공군 폭격기들이 폭도들이 점거한 지역에 핵탄두를 투하할 것입니다. 이 메시지를 들은 국민들은 해당 지역에서 즉시 철수하시길 촉구합니다. 지금부터 지정된 표적을 알려드리겠습니다. 화면 아래쪽 자막을 참조하십시오."

잠시 후, 새난도어 국립공원의 모습이 다시 나왔고, 그 위 상공을 날

아오는 폭격기가 보였다. 폭격기에서는 작은 폭탄 같은 것이 아래로 투하되었고, 국립공원에서는 거대한 버섯 모양의 잿빛 구름이 피어올랐다. 모니터 화면이었지만 얼굴이 화끈 달아오르는 것으로 착각할 만큼 그 장면은 충격적이었다.

대통령이 고통스러운 표정으로 말했다.

"핵은 허가할 수 없소. 세상을 망친 대통령으로 기억되긴 싫소."

공군 참모총장이 의욕을 불태웠다.

"걱정 마십시오. 늦기 전에 서둘러 저 건축물을 부수겠습니다."

"할 수 있겠소?"

Chapter 11
살아남은 사람들

서기 2525년.

버지니아 주(州) 서쪽 블루리지 산맥의 능선. 북미 연맹의 수도인 네오 워싱턴 DC 스카이라인과 연결되는 드라이브 길에 자기부상 자동차 한 대가 서 있었다.

갓길에는 두 노인이 서서 흉물스러운 검붉은 땅을 내려다보고 있었다. 그들은 연맹 원로인 알베르토와 12사제단의 사제 루치우스였다.

소식을 먼저 들은 루치우스가 입을 열었다.

"막 이곳에 핵탄두가 떨어졌다는군요. 연도로는 2013년입니다."

알베르토는 아쉬운 표정을 지었다.

"그것만 아니라면 아름답던 이곳이 불모의 땅이 되진 않았을 텐데요. 과거 인류가 핵을 사용하여 이 땅을 황량하게 만들었다고 생각했는데, 그 이유가 우리 때문이라니…… 허허. 우주의 시간이라는 것이 뭐가 먼저이고, 뭐가 나중인지 모르겠습니다."

"마치 닭과 달걀 같은 얘기지요. 분명 일에는 시작과 끝이 있으나, 그것이 끝없는 연결고리로 이어져 있다면, 나중에는 무엇이 시작이고 무엇이 끝인지 모르게 되는 법 아니겠습니까. 대표적으로 연맹 지도부가 그런 착각을 하고 있고요."

알베르토는 루치우스의 지적을 겸허히 받아들였다.

"부인하지 않겠습니다. 제가 오늘 루치우스님을 뵙자고 청한 것은 드릴 말씀이 있어서입니다."

"말씀하시지요."

"이렇게 대치하다간 양쪽 다 패망할 게 분명합니다. 저는 이 싸움을 종결짓고 싶습니다만."

"저 역시 마음은 그리하나 연맹 지도부가 원치 않을 텐데요."

알베르토가 파격적인 제안을 했다.

"저희 원로회에서 반군을 돕겠습니다. 현 체제가 붕괴될 때까지요."

내부 반란을 도모하겠다는 뜻이다. 루치우스는 잠시 상념에 잠겼다가 말했다.

"알베르토님의 덕망은 알고 있습니다만. 그게 가능할는지요."

"살 만큼 산 늙은이입니다. 필요하다면 목숨이라도 내어 놓지요. 필요한 게 뭔지 말씀해 보시지요."

"그렇다면 말씀드리겠습니다. 2013년은 지금 대규모 인구를 공간이동 시킬 수 있는 에너지가 필요합니다. 그걸 지원해줄 수 있겠습니까."
"연맹에서 계획하는 공간이 아닌 곳이군요."
"2013년의 사람들을 연맹이 찾을 수 없는 공간 좌표로 이동시킬 생각입니다. 그리되면 연맹은 인과율에 막중한 타격을 입을 것입니다."
"알겠습니다. 원로회에서 에너지를 제공하지요."
"그리고 한 가지 더. 제7곡창 지대의 시공간 좌표를 알려주십시오."
제7곡창 지대는 최대 물량이 생산되는 지역이었다. 그곳을 반군이 점령해버린다면, 연맹은 식량 수급에 치명적인 타격을 입을 것이었다.
루치우스가 물었다.
"알려주실 수 있으시죠?"
알베르토는 전혀 예상치 못한 장소를 얘기했다.
"물론입니다. 정확한 시공간 좌표는 확인 후 연락드리겠소이다."
"고맙습니다."
두 사람은 서로의 양손을 꽉 맞잡았다.
어떤 결과를 빚을지 모르는 일이었으나 이것은 내부 분열이라는 측면에서 의미가 컸다.

* * *

같은 시각. 천공 도시 컨퍼런스 타워.

아직 서너 주는 있어야 여름이 되지만, 천공 도시의 오후 더위는 견디기 힘들 정도로 뜨거웠다. 에어컨을 작동해도 벽면 유리 근처는 살갗이 녹아내릴 것 같았다. 숲과 나무가 사라진 결과였다. 회의실 관리자가 룸서비스에 전화를 걸어 배급 공기의 온도를 낮추라고 지시했다.

회의실에는 통합군 사령관 제럴드, 보안 사령관 코번, 진압군단장 호머, 공안경찰 국장 윌리엄, 테러뷰과장 제임스, 인과율조정위원장 제이슨 등, 연맹 지도부가 모여 있었다. 그들은 정보부장 체호프가 준비한 서류를 훑어보면서 보고를 받았다.

"세인트존의 후계자를 제거하는 건 실패했습니다."

보안 사령관 코번이 다리를 꼬고 앉아 빈정거렸다.

"최상위 레벨 안드로이드를 보냈다고 하지 않았나? 개발비만 날려먹었구먼."

정보부장 체호프는 성질을 꾹 누르며 보고를 계속했다.

"그러나 바이러스 작전이 순조롭게 진행되어 세계 주요 도시 아홉 곳은 통제 불가능한 상태입니다. 그곳에 모두 타임 게이트를 설치했으니 에너지장이 풀로 차는 대로 TK—100을 투입하겠습니다."

의장 톰스킨이 인과율조정위원장 제이슨에게 물었다.

"인구는?"

인과율조정위원장 제이슨이 대답했다.

"재앙 프로젝트를 중단하였어도 인구 증가율이 감소하고 있습니다. 아직 만족할 만한 수준은 아니나 허용오차 범위 내에 있습니다."

진압군단장 호머가 제이슨의 말을 뒷받침 해주었다.

"폭동도 잦아드는 추세입니다."

"다행이군."

의장 톰스킨이 손을 매만지며 체호프를 보았다.

"자, 이제 어떻게 할 생각인가."

체호프가 대답했다.

"공간 이주를 생각하고 있습니다. 과거 인류를 B평면으로 옮기고 A평면에 남은 자들을 정리할 것입니다. 그 과정에서 세인트존의 후계자를 색출할까 합니다. 1994년의 케이스가 있으니 별 무리 없을 것입니다."

"좋은 계획이군."

의장 톰스킨은 안드로이드 여비서를 통해 카길(cargill)사로 화상 전화를 연결했다. 회장 안톤의 얼굴이 스크린 모니터에 나왔다.

[무슨 일이오. 톰스킨 의장.]

"2013년을 리셋하기로 결정을 했습니다. 종자(種字) 확보를 할 파견 팀을 꾸리지요. 제3차 선발대에 파견 팀을 포함시킬까 합니다."

회장 안톤은 멸종된 식재료의 종자를 확보할 생각에 흐뭇한 표정을 지었다.

[오랜만에 마음에 썩 듭니다.]

안톤이 기분 좋은 틈을 이용하여 톰스킨이 은근슬쩍 부탁을 했다.

"하반기에 연맹 지지율 투표가 있습니다. 공급 가격을 대폭 낮춰주시고, 공급 품목을 좀 늘려주시면 지지율이 올라갈 거 같습니다만."

[좋소. 우선 연말까지 지원하고 향후 상황을 봐서 연장 여부를 판단하리다.]

"고맙습니다."

회장 안톤이 문득 생각이 난 듯, 손가락으로 관자놀이를 두들기며 말했다.

[한데, 그 방해자란 것들……. 세인트존의 혈족이라 했던가요? 그 놈들은 어찌 됐소.]

"이번 참에 발본색원할 계획입니다."

[확실히 쓸어버리시오.]

의장 톰스킨은 스크린 모니터를 들여다보며 결연한 의지를 다짐했다.

"꼭 그렇게 하겠습니다."

그날 저녁, 네오 서울 및 주요 천공 도시에는 연맹 홍보CF가 전광판에 매시간 방송되었다. 홍보CF의 여주인공은 현재 최고의 인기를 구가하고 있는 섹시스타 레이디 고고였다. 알몸의 그녀는 중요 부위를 핏물이 뚝뚝 떨어지는 고깃덩어리로 가린 채 뇌쇄적인 눈빛을 발산했다.

–안전하고 맛있는 먹거리를 원하세요? 이제 통조림과 인스턴트는 잊어버려요. 연말까지 안전하고 맛있는 먹거리를 여러분의 식탁에 올려드릴게요. 그것도 반값에. 50% 파격세일! 연맹의 지지율이 올라가면 아이들의 건강이 보장될 거예요. 보랏빛 새 천년을 만들어가는 미래 연맹! 잊지 말아요. 제발!

*　　*　　*

휴게소에서 기름을 가득 채우고 다시 고속도로를 올라탔다. 우리는 춘천에서 아래쪽으로 내려가 원주로 향했다. 거기서 영동고속도로를 탈 생각이었던 것이다. 만종분기점에 도착하자 차가 엄청나게 막혔다. 중앙고속도로와 만나는 지점이기 때문이었다.

몰려든 차량은 대부분 피난 차량들이었다.

다들 어디로 가는 걸까. 무작정 가다보면 미래 연맹의 공격으로부터 피할 수 있다고 생각하는 걸까? 아니면, 폭도들이 장악한 도시를 일단 빠져나온 걸까?

이유가 무엇이든 사람들은 하나만 생각할 것이다.

생존!

만종분기점을 벗어나면서부터 정체가 조금씩 풀렸다. 목적지가 정해진 여행이 아니라 우리는 휴게소마다 들려서 휴식을 취했다.

—알랑가 몰라. 알랑가 몰라.

라디오에서는 싸이의 신곡 '젠틀맨'이 끊임없이 흘러나왔다. 아케론의 예언대로 싸이는 '강남스타일'이란 곡으로 세계적인 스타가 되었고, '젠틀맨'은 그 후속곡이었다. 도입부의 가사가 절묘하게 지금의 상황과 들어맞는다는 생각이 들었다.

싸이는 마치, 니들, 혹시 이렇게 될 줄 알았냐? 난 그걸 모르겠다, 이러면서 세상을 비웃고 있는 것 같았다.

고지대로 접어들어서 그런지 TV는 방송이 잡히질 않았다. 소리는 시끄럽게 웅얼거리는데 화면은 노이즈뿐이었다. 라디오도 어느새 지역 방송으로 바뀌어 있었다. DJ도 없었다. 전체듣기로 선택해놓고 라디오 부스를 탈출한 걸까? 곡의 순서를 다 외울 정도로 같은 노래만 반복되고 있었다. 핸드폰으로 듣자니 배터리가 닳을까 봐 부담스러웠다.

신우가 지겨운 듯 양팔을 올려 기지개를 켰다.

"난 요즘 노래 싫어. 특히 아이돌 그룹 노래는."

신우의 볼멘소리에 미진이가 맞장구를 쳤다.

"나도. 여자애들은 죄다 선정적이고."

성구가 또 헛소리를 했다.

"선정적이라 좋은 거잖아. 걔네들 노래는 듣는 게 아니고 보는 거야. 헤헤."

"아우. 저질."

미진이 눈을 흘기자 성구는 강아지처럼 꼬리를 내렸다.

"노, 농담이야."

"신우야. 아까 그 노래 좋더라. 춘천……."

"춘천 가는 기차?"

"어. 맞아. 그거."

"너무 좋지. 근데, 우린 결국 춘천에 못 갔네."

운전을 하며 아빠가 대화에 끼어들었다.

"그 노래 만든 김현철도 춘천에 가지 못했대."

신우가 맑고 까만 눈을 동그랗게 말았다.

"왜요? 제목이 춘천 가는 기차잖아요."

"그거 김현철이 TV에 나와서 하는 얘기 들었는데, 여자 친구랑 춘천으로 데이트하러 가다가 열차 안이 사람들로 꽉 차서 너무 덥고 힘들어서, 청평인가에서 그냥 내렸대. 그래서 가사 잘 들어보면 춘천 갔다는 얘기는 안 나와."

"정말요?"

"직접 얘기하는 걸 들었다니까."

"하하. 너무 웃긴다."

다들 웃었다. 웃음소리는 차 안에 퍼졌고, 듣기 좋았다.

웃음소리 때문에 잠시 힘든 것도 잊을 수 있었다.

그래, 잠시.

웃음이 우리에게 즐거움을 줄 수 있는 시간은 잠시뿐이었다. 왜냐면, 펜션에서의 끔찍한 기억은 결코 웃음으로 지울 순 없었으니까.

'춘천에 가지 못했다고?'

차장에 머리를 기댄 채 두 사람의 대화를 듣고 있던 준서는 생각했다.

젊은 뮤지션 김현철은 그랬다고 치자.

우리는 목적지까지 안전하게 갈 수 있을까?

창밖의 풍경은 짙은 녹음에 싸여 묵직하게 빛나고 있었다.

흐르는 바람에는 벌써 초여름의 냄새가 섞여 있었다.

바람을 가르며 달리는 벤츠 스프린터.

초록의 가로수가 옅은 그림자를 지붕에 드리웠다.

목적지가 정확히 정해지진 않았지만, 생존자들을 반기지 않는 길은 끝없이 펼쳐져 있었다. 그 길은 앞으로 많은 사람들이 내쳐질 슬픈 길이지 싶었다.

* * *

미시령에 가까워지자 시원한 공기가 마음을 걸러 주는 느낌이었다. 도로 교통 상황판에 동서관통도로가 이틀째 통제라는 알림이 떠 있었다. 동해로 가려면 구(舊)길로 돌아가야 했다.

고지대에 도착하자 동쪽으로 시야가 확 트였다.

제물을 불태우듯 붉게 물든 지평선에는 해가 뉘엿뉘엿 넘어가고 있었다. 날이 점점 어두워졌기에 내륙에서 하룻밤을 자고 아침에 미시령을 넘기로 했다.

"아들, 여기서 좀 쉬고 갈까?"

"어."

"그래. 닭백숙이나 먹고 가자."

신우와 미진이 동시에 대답했다.

"좋아요!"

누나가 불안한 목소리로 아빠를 쳐다보았다.

"문을 열었을까요?"

"찾아볼게."

아빠가 창문 밖으로 고개를 내밀어 찾아봤지만, 누나의 예상대로 문을 연 곳은 없었다.

"어라? 죄다 문이 닫혀 있네? 닭백숙 하는 집들이 많았는데."

"타지 사람을 상대로 문을 열 수 없을 거예요."

"왜?"

"위험하잖아요. 그냥 가요."

누나의 말이 맞다. 지금 같은 상황에 장사를 할 리가. 주인이 제정신이라면 말이다.

아빠가 벌컥 화를 냈다.

"젠장. 사람이 사람을 경계해야 하는 거야?"

그렇다. 지금은 사람을 경계해야 한다. 제일 무서운 게 사람이다. 마을에서 경험하지 않았던가.

"아빠, 마을에서 봤잖아."

"펜션만 생각하면 아직도 무섭고 끔찍해요."

누나의 말에 아빠는 화를 누그러뜨렸다.

"그래. 알았어. 조심하자고."

생각해보니 횡성을 지나면서부터 경찰과 군인이 보이질 않았다. 병력이 턱없이 부족하기 때문이리라.

신우가 지아의 머리를 쓰다듬었다.

"배고프지?"

지아가 눈치를 보았다.

"저 참을 수 있어요, 언니."

어떻게 하면 살아남을 수 있는지 생존 방법이라도 터득한 것 같았다. 아직 어린 나이에. 지아의 그런 행동은 마음을 짠하게 했다.

"아빠, 휴게소라도 있겠지?"

아빠가 대답했다.

"그래. 휴게소라도 찾아보자."

다행히도 비교적 안전한 휴게소를 찾았다.

안전하다는 것은 군인들이 통제하고 있다는 의미였다. 휴게소는 미시령을 넘기 전, 마지막 휴게소라 발 디딜 틈이 없을 정도로 사람이 많았다. 당연히 주차장도 붐볐다. 주차할 곳을 찾아 몇 바퀴 돌아야 할 지경이었다.

그때, 지나가는 청년이 건너편 숲에 있는 오토캠핑장에서 야영을 하는 게 좋다고 귀띔을 해주었다.

"오토캠핑장으로 가세요."

아빠가 얼굴을 창밖으로 내밀었다.

"오토캠핑장이 있어요?"

"가까워요. 비싸서 그렇지 쉴만해요."

선택의 여지가 없었다. 휴게소에서 빠져나와 소나무와 참나무 사이로 차를 몰고 가자 널따란 오토캠핑장이 나왔고, 야영장 한가운데에는 사람들이 벌써 자리를 잡고 모닥불을 켜고 있었다. 매표소는 운영되지 않았고, 동네 청년들이 자릿세라는 걸 받으러 왔다. 시설 이용료는 무려 삼십 만원이었다. 평소라면, 전기 사용료까지 2만원이면 거뜬했을 텐데.

아빠가 비싸다고 투덜거렸다.

"뭐야. 짜고 치는 고스톱이었어? 아까 그놈한테 낚인 거잖아."

누나가 아빠를 진정시켰다.

"그냥 참아요."

폭리에 어처구니가 없었지만, 아빠는 물의를 일으키지 않으려고 계산을 했다.

"참아야지 어쩌겠어."

우리는 바가지요금을 내고 오토캠핑장에 자리를 잡았다. 샤워 부스도 있고 침대도 있는 벤츠 스프린터는 캠핑카치고는 호텔이나 다름없었다. 여자들은 차에서 자면 될 것이었다. 그러나 모두가 잠을 자기에는 좁았다. 남자들은 차량 바로 옆에 텐트를 치고 거기서 자기로 했다.

"저녁을 준비할게요."

"우리가 도울게요."

성구와 미진이 누나를 도와 저녁 식사를 준비했다.

신우는 샤워를 하고 싶어 했다.

"나 씻을래."

부모님 때문에 너무 울어서 몸이 무거운 모양이었다. 준서는 자리를 비켜주기 위해 일어섰다.

"씻고 나와. 난 성구 도와줄게."

신우가 신경질적으로 소리쳤다.

"나가면 어떡해. 바보야. 거기 있어야지!"

샤워한다면서 남아 있으라고?

"씨, 씻는다며."

"그냥 거기서 지켜."

여, 여기서? 이 자리라면 샤워하는 게 고스란히 보일 위치잖아.

신우가 보챘다.

"왜 대답이 없어?"

준서는 엉겁결에 대답했다.

"알았어. 근데, 문도 열어놓을 거야?"

"응."

"다 보이잖아."

"그게 어쨌다구!"

신우의 서슬 퍼런 기세에 준서는 대답도 하지 못했다.

"……."

척. 샤워 부스 손잡이에 신우의 후드 티와 바지가 걸렸다. 이어 브래지어와 팬티도 그 위에 걸렸다. 옷들이 어지럽게 널려져 있던 신우의 옷장이 생각났다.

덜렁이. 여자답지 못하게…….

쏴아아. 샤워 부스에 수증기가 뿌옇게 가득 찼다. 수증기 속에서 신우의 알몸이 아른거렸다.

열여덟 살이면 다 컸다.

교복만 벗으면 훌쩍 여자가 되어버리는 나이다.

스스로 최강 몸매라고 자랑하던 신우. 그런 신우가 손을 뻗으면 닿을 듯한 가까운 거리에서 샤워를 하고 있다. 샤워하는 게 다 보인다고 말했더니 신우는 보이면 어떠냐고 반문을 했다.

네 여자인데 어때? 라는 의미인 걸 안다.

평소에도 속옷이나 가슴이 보이는 걸 개의치 않아 했고, 그 정도로 성격이 털털한 신우였으니까, 그다지 크게 놀랄 일도 아니지만.

그러나 지금의 의미는 조금 다르지 싶었다.

아마도 문을 닫는 게 무서웠던 것 같다. 캠핑카의 샤워 부스라는 좁은 공간에 갇히는 게 무서웠을 것이다.

마치 어린아이가 밤중에 혼자 화장실에 가는 걸 꺼려하듯. 신우는 지금 극도의 불안감을 느끼고 있는 게 분명했다.

'여기 있을게. 무서워하지 마.'

준서는 고개를 돌려 밤하늘을 보았다.

밤하늘은 온통 근심에 겨워 보였다. 그리고 머지않아 어둠이 산중의 밤을 뒤덮었다.

그런데도 마음은 애틋하고 설레었다.

신우랑 같이 있는 것만으로도…… 달콤한 어둠이었다.

샤워를 하면서 신우는 아빠에게서 온 메시지를 생각했다. 세상이 지옥으로 변해가는 이 순간에도 자기를 혼자 두는 부모가 미웠다. 원망스러웠다. 그럴수록 준서의 존재감은 더욱 커졌다.

준서마저 없다면 난 어떻게 될까.

갈 곳이 없고, 이어질 내일이 없었다. 준서가 곁에 없다는 것, 그것은 너무도 무서운 상상이었다. 생각만 해도 우주에 홀로 버려진 것처럼 고독했다.

그래서 샤워 부스 문도 닫지 못했던 것인데…….

불안해진 신우는 묻고 확인했다.

"거기 있지?"

"여기 있어."

잠시 후에 신우는 또 묻고 확인했다.

"거기 있지?"

"어. 꼭 지킬 테니 걱정 마."

자꾸 묻고 확인하는 이유를 준서는 충분히 이해할 수 있었다. 극도의 불안. 이유는 그것이었다.

갑자기 조용해졌다고 느낄 때였다.

신우가 뒤에서 가만히 껴안았다.

젖은 머리칼에서 물이 떨어졌지만 이상하게도 놀라지는 않았다. 등에 닿은 신우의 가슴, 그 신비로운 감촉이 약간 어색할 뿐이었다.

"샤워 다 했어?"

신우는 대답하지 않았다.

그래서 할 수 없이 고개를 돌려 신우를 보았다. 신우의 젖은 눈동자는 너무 슬프게도 빛나 말을 잃게 만들었다.

"이대로 시간이 멈췄으면 좋겠어. 아무 일도 일어나지 않게."

"나도 그래."

신우가 촉촉이 젖은 입술을 부딪혀왔다.

준서는 신우의 입술을 가만히 받아들였다. 정신이 까마득해지면서 눈시울이 아릿했다. 문득, 그런 생각이 들었다. 이 달콤한 느낌은 영원할까?

*　　*　　*

오토캠핑장의 야영지에는 모닥불이 두 개가 있었다.

누가 피웠는지는 알 수 없었다.

따라서 누가 써야 한다는 규칙도 없었다. 필요한 자들이 장작을 구해 피우면 그만이었다. 모닥불에는 사람들이 둘러앉아 있었다. 휴게소와는 달리 사람들의 행색은 추레했다. 대부분 험상궂었고, 노숙자처럼 보이는 자들도 있었다. 웃고 떠들다가도 고성과 거친 욕설이 오가기도 했다.

그들을 의식한 듯 아빠는 캠핑카 바로 옆에 모닥불을 만들었다. 누나가 석쇠를 꺼내 바비큐 준비를 했고, 성구와 미진이 상추와 깻잎 등 야채를 씻어왔다. 아빠와 지아는 고기와 소시지를 보관한 아이스박스를 들고 나왔다.

성구가 보자마자 투덜거렸다.

"야, 바쁜 거 안 보여? 왜 이제 나와?"

"어. 미안. 신우가 샤워하느라."

"둘이 뽀뽀한 거 아니고?"

귀신같은 놈. 미진이 볼멘소리를 했다.

"나도 샤워해야 하는데."

기분이 한결 나아진 듯 신우가 밝은 톤으로 미진에게 말했다.

"저녁 먹고 해. 몸이 한결 나아."

"알았어."

아이스박스 안에 있어서 그런지 고기와 소시지는 신선했다. 고기와 소시지 굽는 냄새가 식욕을 자극했다. 다들 플라스틱 간이 의자에 앉아 음식을 기다렸다. 고기와 소시지가 익는 동안 아빠가 지나가는 말처럼 넌지시 물었다.

"어떻게 된 거냐?"

펜션에서 폭도들과 싸울 때, 보여준 이상한(?) 능력에 대해 물은 것이었다.

“그게 말이지.”

준서는 아빠에게 혼자만의 경험을 털어놓았다.

시간이 왜곡된 일, 광원(光源)을 본 일, 소풍가서 생긴 일, 군사 학교, 서기 2525년을 다녀온 일까지 빠짐없이 말했다.

아빠는 믿을 수 없는 이야기를 묵묵히 들어주었다.

말을 하는 동안 한마디도 묻지 않았다. 그러다가 얼굴을 들고 잠시 생각하는가 싶더니 한숨을 훅 내쉬고 준서를 쳐다보며 말했다.

“내가 의사한테 무릎 꿇고 부탁하는 걸 봤다고?”

“어.”

“넌 그때 의식이 없었어. 인마.”

“그런 능력이 생겨버렸어.”

“네가 시간 여행자라는 거냐?”

준서는 손목에 찬 팔찌를 만지작거렸다.

“시간 여행자라기보다는 이 팔찌가 그걸 가능하게 해준다는 거지. 이것만 있으면 잘못된 과거를 바로잡을 수 있거든.”

아빠가 한숨을 길게 내쉬었다.

“후우. 네 말이 사실이면 우리는 억울하지. 나는 내 여자를, 너는 엄마를 잃었으니까.”

“놈들이 일으킨 재앙을 되돌려 놓고 싶어.”

“믿을 수 없는 사실이 눈앞에 벌어지고 있으니 반문의 여지가 없구나. 이게 꿈이 아니라면 받아들여야겠지. 그런데…….”

“그런데?”

“어떻게 용기가 났냐? 쉽지 않은 결정이었을 텐데.”

"하나만 생각했어. 엄마를 만날 수 있다는 거."

"왜 아직 안 찾아간 건데."

"만날 용기가 안 나서."

갑자기 복받치는 슬픔이 목구멍 언저리까지 밀고 올라왔다. 눈에서 눈물이 흘렀다. 준서는 울음을 삼키며 말했다.

"엄마를 만나면 뭐라고 말을 해야 할지 모르겠어. 그래서 아직 못 가봤어."

"뭐라고 하긴. 니가 준서라고 인사부터 해야지. 그러면 무척 좋아할 거다."

아빠는 가만히 손을 잡아주었다.

문득, 어렸을 때, 불꽃놀이 구경을 갔던 일이 떠올랐다. 기억이 났다. 아빠의 커다란 손바닥. 그 촉감까지 되살아났다.

준서가 물었다.

"우리 같이 만나러 갈까?"

자기는 가지 않겠다고, 아빠는 대답했다.

"아니. 네가 사고를 바꿔놓으면, 그러니까 엄마를 살려놓으면 말이다. 다른 공간에서 또 다른 나와 행복하게 살겠지? 뭐, 나는 그럼 되었지 싶다. 괜히 나서서 혼란스럽게 할 필요 있겠어?"

그때, 서른 중반의 남자가 다섯 살 정도 되어 보이는 아이를 데리고 다가왔다. 준서는 아빠와의 대화를 중단했다. 남자는 정중하게 허리를 굽혔다.

"죄송하지만 부탁이 있습니다. 염치없지만 아들 녀석에게 저녁 좀 주시겠습니까? 이틀 동안 먹은 거라곤 인스턴트 음식이 전부라…….”

아빠가 흔쾌히 간이 의자를 내주었다.

“그럼요. 여기 앉으십시오.”

남자는 아들에게 의자를 양보했다.

“진수야. 어서 앉아.”

아빠가 남자에게도 의자를 권했다.

“형씨도 같이 앉아요.”

남자는 약간 민망해하며 손사래를 쳤다.

“아닙니다. 저까지 신세질 수는 없습니다.”

아빠가 웃었다.

“하하. 아들만 먹는 거랑 아빠까지 먹는 거랑 얼마나 차이가 있다고. 어쩌겠소. 상황이 이러니 서로 조금씩 나눠 먹읍시다.”

그제야 남자는 의자에 앉았다.

“고맙습니다.”

* * *

여행지에서 밥을 한다거나 고기를 굽는 일은 늘 아빠의 몫이었다. 남자와 진수라는 아이가 합류하며 입이 늘었다. 그러니 당연히 양이 부족할 수밖에. 어쩔 수 없는 일이다. 이런 재난 상황에서 그들의 사정을 외면한다는 것은 인간이기를 포기하는 행위일 테니까. 만약 서로가 서로를 외면한다면, 그것은 미래 연맹이 바라는 바일 것이다.

최소한 그러지는 않아야 한다고 생각했다.

인류가 멸망을 할지라도.

그 최후의 순간까지 인간으로서의 존엄을 지켜야 한다고 생각했다.

'우리는 공룡이 아니잖아?'

아빠는 양을 늘리기 위해 편법을 썼다. 삼겹살과 소시지를 다 구운 다음, 프라이팬에 김치를 잘게 썰어 넣고 남은 밥을 부었다. 고추장 두 숟가락을 넣었을 뿐인데 냄새가 그럴듯한 철판 볶음밥이 되었다. 아빠는 장교 시절 야참으로 자주 해봤던 솜씨라고 자랑했다. 기름기가 과다한 게 부담스럽지만 맛은 별미였다. 다들 과식이 될 정도로 맛있게 먹었다.

성구가 호들갑을 떨었다.

"완전 맛있어요."

아이를 데리고 온 남자만 빼고.

음식을 먹는 내내 그의 안색은 좋질 않았다. 신경이 쓰이는지 아빠가 물었다.

"어디로 가는 길이오?"

"서울로 가는 길입니다."

"서울은 재난 지역으로 선포되어 아마 못 들어갈 텐데."

"그래도 가야 합니다."

"꼭 가야 하는 사정이라도 있소?"

"저는 속초 방송국에 근무하고 있습니다. 주말에 애는 데려왔는데, 집사람을 데려오지 못했어요. 걱정되어서, 올라가 보려고요."

"애 엄마는 어디서 근무를 하오?"

"서울 방송국예요. 기자입니다. 오늘 한강페리에 취재나간다고 했는데 연락이 안 되네요."

한강 유람선이 아직 운항을 할까? 우려가 되지 않을 수 없었다.

준서는 잠깐 빠져나와 강신철에게 전화를 걸었다. 전화를 받자마자 솥뚜껑 깨지는 소리가 쩌렁거렸다.

[야, 왜 이제 전화 해!]

"어떻게 되었어요?"

[난리도 아니다. 미국에서 핵을 사용했어.]

영화에서나 나오는 핵무기를 현실에서 사용했단 말인가.

"최악이네요."

[가족들은 안전한 곳으로 대피시켰냐? 펜션이라고 했던가?]

"아뇨. 거기서도 폭도들의 공격을 받았어요. 어떻게 찾아냈는지 모르겠어요."

강신철이 다시 언성을 높였다.

[인마. 나도 핸드폰으로 네 위치를 파악하고 있는데, 그놈들이 모르겠냐?]

"……!"

그런가?

케빈과 퀸튼이 핸드폰 위치 추적으로 신우의 집을 찾아냈던 것이 기억났다. 그렇다면 어디를 가든 안전하지 않다는 얘기였다.

그래? 그렇군. 간단한 건데 생각조차 못하다니.

괜찮다. 놈들이 몰려오면 부딪치면 된다. 그때는 그때고, 지금은 아이의 엄마가 문제였다.

"물어볼 게 있어요. 혹시 한강유람선 운항해요?"

[글쎄다. 확인해보지 않았지만 제정신이 아니고서야 운항을 하겠냐. 한강은 지금 작전지역인데.]

"작전지역이라니요?"

[미래 연맹 놈들이 서울 숲에 피라미드 모양의 베이스캠프를 설치했다. 아케론의 말에 의하면 그것이 타임 게이트라는구나. 다른 나라의 주요 도시도 마찬가지인데, 미국에서 핵을 쓴 이유는 그걸 파괴하기 위해서야. 우리는 공군력을 총동원해서 놈들의 계획을 막을 생각이다.]

"그런데 왜 한강이 작전지역이에요?"

[시민들의 피해를 최소화시키려면 한강에서 작전을 수행하는 수밖에 없잖아.]

느낌이 좋질 않았다. 왜 하필 한강이지?

"확인해주세요. 아니, 한강유람선 운항을 중지시켜 주세요."

[잠깐 기다려봐라.]

잠시 후, 강신철의 목소리가 다시 들렸다.

[이미 전체 운항은 취소되었고, 잠실 선착장에서 출발한 마지막 페리가 여의도로 회항 중이라는데?]

"작전시각은요?"

[이미 시작되었다.]

"……!"

한강 쪽에서 서울 숲을 폭격한다면? 유람선은 절체절명의 위기에 처할 게 분명했다. 퍼붓는 폭탄 세례에 멀쩡할 수 있을까? 이상한 느낌에 돌아보았다. 진수라는 아이가 울먹이는 눈망울로 쳐다보고 있었다.

"형아, 울 엄마가 위험해요?"

순수하고 맑은 눈빛.

저 아이의 엄마를 구할 방법이 없을까.

준서는 앞뒤 가리지 않고 약속을 했다.

"내가 구해줄게."

"정말요? 약속해 줘요."

준서는 진수에게 손가락을 걸어주었다.

"그래. 약속."

〈다음 권에 계속〉

신룡의 주인

『더스크 하울러』, 『환수의 주인』의 작가!
태선 판타지 장편소설

알테리온가의 막내아들 샨,
알에서 태어난 특급 용 카이.
평범하지 않은 둘의 좌충우돌 학교생활이 시작된다!

dream books
드림북스

무협계가 주목한 작가
권인호 신무협 장편소설
天極之
권인호 신무협 장편소설
일류가 삼류에게 패하는 강호 초유의 사태.
모든 것은 한 소년이 쓴 무공서에서 시작됐다.
재미 삼아 쓴 23권의 얼치기 무공서.
세상에 나타나자마자 천하 무림에 파란을 일으키다!
drear
books
드림북

가우리 신무협 장편소설

ORIENTAL FANTASYSTORY & ADVENTURE

대한민국, 강철의 열제 가우리가 돌아왔다!
전쟁터에서 필사적으로 굴러먹던 인간 장무위,
그에게도 마침내 기연이 찾아왔다.
삼류도 되지 못했던 한 남자의
처절한 일대기가 이제 시작된다.

dream books
드림북스

흑태자 판타지 장편소설

FANTASYSTORY & ADVENTURE

달과 그림자의 지배자, 이 세계에 떨어지다!
그림자 세계의 고귀한 황태자, 시슬란.
모든 것을 되찾기 위한 그의 행보가
천지를 뒤흔든다!

dream
books
드림북스

금검혈도

ORIENTAL FANTASY STORY & ADVENTURE

『무적명』, 『초일』, 『진가도』의 작가!
백준 신무협 장편소설

『금검혈도』

누군가가 죽었는데 범인이 보이지 않는다면?
무언가가 사라졌는데 어딨는지 모른다면?
신출귀몰한 사건일수록 잘 해결하는 놈을 찾아야 한다.
무림맹 최고의 해결사인 그놈을 찾아라!

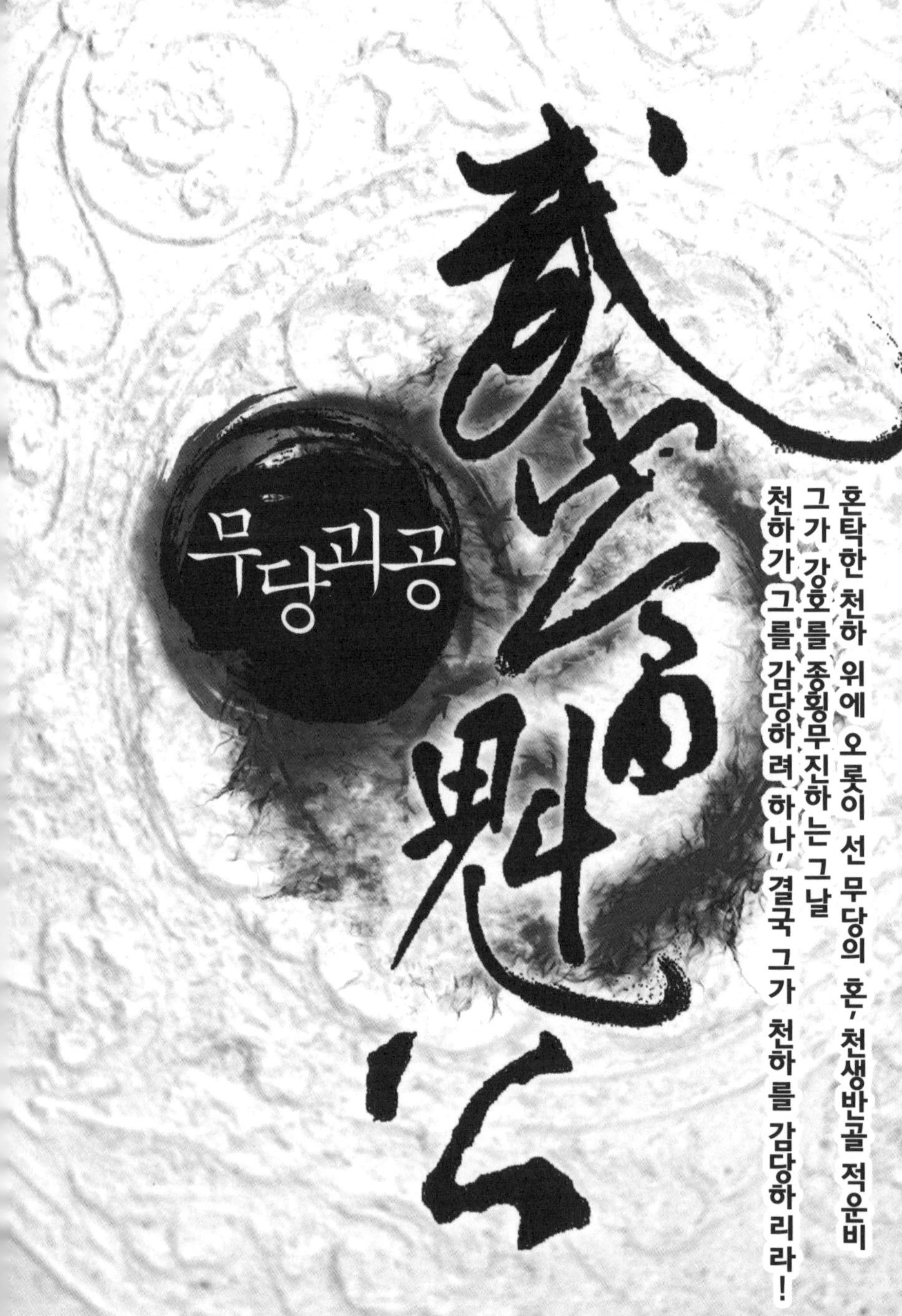
무당괴공
혼탁한 천하 위에 오롯이 선 무당의 혼, 천생반골 적운비
그가 강호를 종횡무진하는 그날
천하가 그를 감당하려 하나, 결국 그가 천하를 감당하리라!
books

DREAMBOOKS★

DREAMBOOKS★

DREAMBOOKS

DREAMBOOKS★